Yankee Doodle

Ungekürzte Taschenbuchausgabe

1. Auflage Februar 2022

©Thomas Ebeling

Bibliografische Information der
Deutschen Nationalbibliothek:
Die Deutsche Nationalbibliothek verzeichnet
diese Publikation in der Deutschen
Nationalbibliografie;
detaillierte bibliografische Daten sind
im Internet über www.dnb.de abrufbar.
Coverbild: The Milbanke and Melbourne families
George Stubbs 1769
Wiki commons, public domain, gemeinfrei
Foto Schlitten ©Christopher E.
Covergestaltung: Orthen Design,Würzburg
Herstellung und Verlag: BoD - Books on Demand,
Norderstedt
ISBN: 9783755726180

Yankee Doodle

Zu diesem Buch:

Diese Geschichte ist frei erfunden. Ähnlichkeiten oder Namensgleichungen mit lebenden Personen sind rein zufällig. Ich habe historische Personen erwähnt, aber ihre charakterlichen Eigenschaften sind von mir angedichtet, beziehungsweise interpretiert. Ihr Andenken sollte in keiner Weise gestört werden. Alle historischen Begebenheiten wurden nach bestem Wissen und Gewissen recherchiert, eventuelle Fehler sind aber möglich, weil ich unterschiedliche Quellen benutzte. Darum berufe ich mich auf die künstlerische Freiheit, die Geschichte meiner Protagonisten so zu erzählen, wie ich es tat.

Thomas Ebeling

YANKEE DOODLE

NOVELLE

Hampton

»Wir sollten die beiden einsperren! Auch wenn sie noch so sehr beteuern, unbeteiligte Zivilisten zu sein, sind sie doch nicht hier geboren. Ich sage, vertraut niemanden, der nicht hier geboren wurde! Gerade eben erst aus Irland angekommen! Na, und? Sehen Sie sich Euch an, Sir! Sie kommen nicht gerade in Lumpen daher. Sie waren auf einem schnellen Handelsschiff in einer Einzelkabine unterwegs. So sehen keine armen Einwanderer aus Irland aus. Ich halte sie für Spione!«

Colonel Woodford, der Befehlshaber der Revolutionstruppen in Virginia wollte die Sache schnell vom Tisch haben. Zu viele kleine Entscheidungen wurden von ihm verlangt, während er doch eigentlich ganz anderes zu tun hatte. Er ärgerte sich darüber, dass man ihn mit so etwas belästigte. Dass nun dieser Captain aus Jamestown sich hier so engagierte, war ihm eigentlich nicht recht, andererseits wollte er hören, was er vorschlug.

»Es war ein Sklavenschiff. Aber weiter, Captain Payton. Was wollen Sie mir damit sagen?«

»Noch verfügen wir weder über eine geeignete Administration noch über ein Gerichtswesen. Es bleibt uns nichts anderes übrig, als Jenkins und seine Frau unter Beobachtung zu stellen. Ich schlage vor, sie auf einer Plantage unterzubringen. Als unsere Gäste, selbstverständlich. Ich denke da an die Plantage meines Bruders Leroy in der Nähe von Jamestown. In der Abgeschiedenheit wird es ihnen schwer fallen, mit den Briten Kontakt aufzunehmen. Ausserdem haben wir so die Möglichkeit herauszufinden, ob sie überhaupt irgendetwas politisches im Schilde führen. Meine Schwägerin Hannah Philippa ist geradezu prädestiniert, herauszufinden, wer diese Leute sind. Ausserdem können wir sie gegebenenfalls immer noch gegen andere Gefangene austauschen.«

Woodford zögerte. Sollte es sich wirklich um Spione handeln, durfte er keinen Fehler machen. Doch er sah im Moment keine andere Möglichkeit, sie sicher unterzubringen. Wenn dieser Payton die Verantwortung übernahm, um so besser.

»Nun gut, machen Sie das, Payton. Lassen Sie die beiden nach Jamestown bringen. Aber auf Ihre Verantwortung! Damit wäre das geklärt. Die anderen Passagiere verteilen wir auf Familien hier in Hampton. Captain Cooper hat für sie gebürgt«, sagte Woodford.

Die Sache war für ihn erledigt. Er würde sich wieder seiner eigentlichen Aufgabe widmen. Noch immer wüteten die Briten entlang der Küste, nachdem sie Norfolk angegriffen, beschossen und einige Häuser dort in Brand gesetzt hatten. Im Gegenzug hatte Colonel Woodford die Zerstörung der gesamten Stadt angeordnet, um den Briten diesen Stützpunkt endgültig zu entziehen. Es war nämlich nicht klar gewesen, ob man Norfolk gegen die Briten auf Dauer hätte halten können, denn viele der Einwohner waren Loyalisten gewesen, die nun auf der Flucht oder auf den britischen Schiffen waren. So hatten die Colonels Woodford und Howe seitens der Patrioten eine sehr unangenehme Entscheidung treffen müssen, die sie im Nachhinein propagandistisch den Briten in Schuhe zu schieben versuchten.

Sir John Murray, 4. Earl of Dunmore auf der anderen Seite tat das Gleiche, auch er gab die Schuld der Gegenseite. Dunmore, der britische Gouverneur von Virginia, hatte im letzten Jahr einen Fehler nach dem anderen gemacht. War er zunächst beim Volk äußerst populär gewesen, da er selbst zu Fuß durch Virginia marschiert war, um gegen aufständische Indianer vorzugehen, hatte er danach doch nicht verstanden, dass die Bewohner Virginias inzwischen so selbstbewusst waren, sich nicht weiter durch Steuern und Handelsbeschränkungen knechten zu lassen. Er hätte durchaus die Macht gehabt, zu Gunsten seiner Amerikaner Politik zu betreiben und hätte wegen seiner weitreichenden Befugnisse als eine Art Vizekönig viele Dinge zu deren Wohlwollen regeln können. Aber er war auf der alten, starren Linie geblieben, dass niemand anders entscheiden durfte, wie der König und das Parlament in London es vorgaben. Dabei wären gerade hier regional viele Möglichkeiten vorhanden gewesen, die Amerikaner loyal zu halten. Nein, Dunmore war hart und unverständig geblieben und hatte noch härtere Bedingungen angesetzt, bis er am Ende sogar allen Sklaven, die sich gegen ihre patriotischen Herren auflehnten und flohen, den Dienst in der britischen Armee und die Freiheit versprochen hatte. Für seine eigenen Sklaven galt dies natürlich nicht. Er hatte sogar ein sogenanntes »Äthiopisches Regiment« aufstellen lassen, dass schon einige Erfolge erziehlen hatte können.

Aber nun lag er, seines Stützpunktes verlustig gegangen, mit seinen Schiffen und Soldaten vor der Küste. Norfolk hatte 3 Tage gebrannt, das Leid der geflohenen Bevölkerung war groß, Anfang Januar 1776.

Colonel William Woodford und Colonel Robert Howe ihrerseits hatten ebenfalls große Probleme, ihre Soldaten und die Zivilisten aus Norfolk zu versorgen.

Im Moment verfügte Dunmore über mindestens 3 Fregatten sechsten Ranges mit 20 bis 28 Kanonen und über mehrere kleinere Kriegsschiffe, sie lagen alle im Elizabeth River und bedrohten die Siedlungen. Jetzt galt es für die Amerikaner durchzuhalten und wachsam zu sein, um möglichst zu verhindern, dass sich die Briten mit Lebensmitteln versorgten. Denn nicht nur die Menschen an Land froren und hungerten, auch auf den Schiffen wurde es zu dieser Jahreszeit sehr ungemütlich.

Als Lieutenant Meyers im Auftrag von Captain Payton dem Ehepaar Benjamin und Molly Jenkins die Nachricht über die Entscheidung der Militärs unterbreitete, die ihr weiteres Schicksal maßgeblich beeinflussen sollte, versuchte Ben möglichst gefasst zu reagieren. Die beiden waren in einem Gasthaus in Hampton untergebracht worden, dessen Wirt eine Wuchersumme für ein kleines, schmutziges Zimmer verlangte. Hampton war zwar eine der ältesten englischen Siedlungen in Virginia, aber es hatte sich ein dörflicher Charakter bewahrt. Die Wege hier im Ort waren morastig und aufgeweicht, Ben und Molly konnten kaum vor die Tür. So ähnelte dieses Gasthaus einem Gefängnis, wenngleich die Türen offen waren. Ohne Ortskenntnis und Hilfe war an eine Flucht nicht zu denken.

»Sir, ich habe vollstes Verständnis für Ihr Vorgehen. Wir fügen uns der Gewalt. Dennoch protestiere ich in aller Form! Ich möchte Sie vor allem fragen, was nun mit unserem Eigentum geschieht. Wir haben auf dem Schiff Kleidung und persönliche Gegenstände zurücklassen müssen. Ich bestehe darauf, dass sie uns zurückerstattet werden! Ausserdem gehört uns eine Ladung feinsten französischen Porzellans, welches der Grundstock unserer Handelstätigkeit hierzulande sein sollte. Wenn wir hier bleiben sollten, wäre das sehr wichtig!«, versuchte Ben mit dem jungen Offizier zu verhandeln.

»Nun, Ihre persönlichen Gegenstände werden Ihnen natürlich zugestanden. Alle Waren und Sklaven an Bord sind beschlagnahmt. Ich fürchte, leider auch das Porzellan. Handelt es sich dabei um Geschirr, oder vielleicht um Vasen?«

»Es handelt sich um einen größeren Posten Bourdalous. Äh, Pot de Chambre, vornehmlich zum..., äh, Gebrauch von Damen. Wir konnten diesen Posten unterwegs von Mr., äh..., ich meine, Captain Cooper erwerben. Ich wundere mich doch sehr, dass so ein Ehrenmann von ihm verkaufte Ware nun auf diese Weise wieder zurückfordert. Schließlich haben wir in Gold bezahlt!«

»Ich, äh, da muss ich..., an Captain Cooper selbst verweisen. Mir sind da leider die Hände gebunden. Tut mir leid, Sir!«, sagte Meyers etwas verlegen.

»Und meine Kleider? Wollen Sie sich die auch unter den Nagel reissen?«, fragte nun Molly mit einem leicht aggressiven Unterton.

»Madame, ich werde mich selbst darum kümmern. Gibt es an Bord eine Person Ihres Vertrauens, die ich beauftragen kann, die Sachen zu holen?«, fragte Meyers etwas betreten.

»Nun, ich denke, Mr. Haynes könnte die Sachen bringen. Er hat sich meines Wissens zum Dienst in Ihrer neuen Navy gemeldet. Und was unsere Ware angeht, ich werde Mr. Cooper schreiben. Würden Sie die Freundlichkeit haben, ihm diesen Brief dann zu überbringen?«, gab Ben nach einer kurzen Denkpause zurück. Wenigstens gab es nun die Aussicht auf einen kleinen Erfolg.

»Natürlich, Mr. Jenkins. Haynes, sagten Sie? Ja, richtig. Er lag in Ketten, als wir das Schiff übernahmen. Sind Sie sicher, dass er zuverlässig ist?«

»Unbedingt, Lieutenant. Ich wüsste sonst keinen anderen.«

»Nun gut. Das ist leider alles, was ich im Moment
für Sie tun kann. Meine Order lautet, mit der »Bride
of Boston« so schnell wie möglich auszulaufen.«

Die Plantage

Die Kutsche, die das Ehepaar Jenkins abholte, war ein klobiges Fuhrwerk und eigentlich zum Transport von schweren Waren gebaut. Sie wurde von zwei starken Pferden gezogen. Auf dem Bock saß in einen schäbigen, aber scheinbar warmen Mantel dick eingepackt ein Mann, der afrikanischer Herkunft war und zwei Soldaten der Miliz. Die Soldaten waren sehr jung, sie froren in ihren einfachen Uniformröcken und versuchten sich zu wärmen, indem sie ihre Arme vor der Brust verschränkt und die Hände unter die Achseln geschoben hatten. Zusätzlich hatten sie sich in Decken gehüllt und auch ihre Beine und Füße mit dicken Gamaschen umwickelt. Sie machten keine Anstalten zu helfen, als Benjamin die beiden schweren Überseekoffer auf die Ladefläche wuchtete. Wenigstens diese hatten sie zurückerhalten. Die gesamte Ladung der »Bride« blieb requiriert. Dann half Ben Molly auf das Gefährt, und kletterte schließlich selbst hinauf. Für eine übertrieben teure Summe hatte ihnen der Wirt eine Wolldecke verkauft, die sie sich nun teilten, um nicht völlig schutzlos auf der offenen Ladefläche zu sitzen. Sie hatten entgegen der Fahrtrichtung auf dem Boden Platz nehmen müssen, damit sie sich an die Rückseite des Kutschbocks lehnen konnten. Es war sehr früh am Morgen und noch nicht ganz hell. Die Pfützen auf den Wegen waren mit einer dünnen Eisschicht bedeckt, darunter stand jedoch eiskalter Schlamm. Die dünnen Eisplatten zerbrachen krachend, als sich Pferde und Wagen darüber bewegten.

Die Soldaten sprachen kein Wort. Der schwarze Kutscher ließ nur ein leises »Hü!« oder »Hoh!« hören oder er schnalzte mit der Zunge im Backen, um die Pferde anzutreiben. Seine Art, Pferde und Wagen zu lenken war sehr entspannt, er nutze nie die Peitsche. Als sie eine kleine Anhöhe oberhalb der Stadt erreicht hatten, konnte man im Morgengrauen den Hafen erkennen. Die »Bride of Boston«, die sie hierher gebracht hatte, war bereits verschwunden. Auch alle anderen Schiffe und Boote hatten sich entfernt, denn man erwartete jederzeit einen Angriff der Briten.

»Wie weit ist es denn bis zu unserem Ziel, Herr Kutscher?«, fragte Ben schließlich, der irgendwie Kontakt mit den Männern auf dem Bock aufnehmen wollte.

»Is' weit. Keine Ahnung, wieviele Meilen, Sir«, gab der Mann zurück.

»Schaffen wir das bei diesen schlechten Wegen denn heute überhaupt?«, fragte nun Molly. Sie bekam keine Antwort.

»Hallo? Hören Sie schwer?«

»Weiß nich'.«

»Was? Ob Sie schwer hören oder ob wir es schaffen?«, sagte Molly, die schon lange eine Abneigung gegen alle Fuhrleute hatte. Und dieser hier schien genau zu ihren Vorurteilen zu passen.

»Molly, lass' gut sein«, beschwichtigte sie Ben und versuchte sie abzulenken, »Ist dir kalt, Liebling?«

Doch damit kam er nicht gut an.

»Wenn so einer da vorne hockt, wird's mir gleich warm! Unverschämter Kerl. Was bildet der sich ein?«

»Missie, wir kommen heute schon noch an. Machen mittags ne' Pause, ich weiß, wo wir einen Tee bekommen. Verlassen Sie sich nur auf Washington!«

»Was? Auf den General? Treffen wir den auch? Das fehlt mir gerade noch!«

»Nee, Misses«, mischte sich nun einer der Soldaten ein und lachte,

»Er heißt Washington. Hat mal dem General gehört, stimmt's?«

»Ja, ich war erster Sklave im Hause von General Washington. Aber nun bin ich bei der Familie von Mr. Payton.«

»Ah, dann sind Sie jetzt ein freier Mitarbeiter?«, fragte Molly.

Die beiden Soldaten lachten erneut.

»Liebling, ich denke, Mr. Payton hat Washington dem General abgekauft. Ist es nicht so?«, mischte sich nun Benjamin ein, um Molly weitere Peinlichkeiten zu ersparen.

»Ja. Und Master Leroy hat mich zu Ehren des Generals Washington genannt!«

Molly schüttelte den Kopf. Menschen, die anderen Menschen gehörten. Und sie dann auch noch nach ihren Vorbesitzern benannten. Hatte sie sich schon in Irland über das System der Großgrundbesitzer und deren armen Pächter geärgert, so kam ihr das hier noch viel absurder und menschenverachtender vor. Doch sie wurde schnell von dem Problem abgelenkt. Wieder spürte sie wie schon seit mehreren Tagen ein Ziehen im Unterleib, dass sie vorher nicht gekannt hatte. Es kam in Abständen und war immer schmerzhafter geworden. Zudem war ihr monatliches Bluten zuletzt ausgeblieben. Konnte sie etwa schwanger sein? Doch unerfahren und jung, wie sie war, konnte sie es nicht einschätzen. Auch hatte sie keine weibliche Vertrauensperson an Bord gehabt, die sie hätte fragen können, was dieses Ziehen bedeuten könnte. Mehrmals war sie mit Ben intim gewesen, und es war sehr schön gewesen. Nur beim ersten Mal hatte es etwas weh getan. Die anderen Damen an Bord, wie diese unmögliche Mrs. Longford oder gar die impertinente Mrs. Grand um Rat zu fragen, war für Molly nicht in Frage gekommen. Bestimmt würde das Ziehen bald wieder verschwinden, so wie vorher. Ein Kind zu bekommen, wäre zwar sehr schön für sie als Paar, aber mit ihrer momentan ungewissen Zukunft hatte sie davor Angst. Das Ruckeln und Holpern der Kutsche verursachte zusätzlich Stöße auf Gesäß und Rücken und mehrmals stöhnte Molly auf. Ben war sehr besorgt.

»Geht es, Molly? Es tut mir leid, dass Du das hier ertragen musst. Kutscher! Können Sie denn nicht etwas vorsichtiger fahren?«, sagte er.

»Nee, Weg ist schlecht, tut mir leid, Missie! Aber ich kann Polster machen.«

Washington hielt an und sprang vom Bock. Er hatte neben dem Weg im Wald Moos gesehen und holte ein großes Stück für Molly. Der Kutscher formt ein Kissen daraus und legte ein Stück Plane darüber, damit die Feuchtigkeit im Moos nicht durchdrückte.

»Bitte, da drauf setzten«, sagte er und sah Molly freundlich lächelnd an. Da bemerkte er, dass sie sich den Bauch hielt.

»Oh, Missie bekommt ein Baby, oder? Na, da fahre ich gleich noch vorsichtiger, versprochen!«, sagte er freundlich.

»Was? Stimmt das? Woher..? Ich meine..., wieso..., weiß der das?«, fragte Benjamin seine Frau und sah sie ungläubig an.

»Ich bin mir nicht sicher, Ben. Ja, es kann schon sein.«

»Aha. Ich...«, stammelte Ben.

»Was? Freust Du Dich denn gar nicht?«, sagte Molly etwas beleidigt.

»Doch, doch! Ich freue mich. Sehr sogar. Ich habe nur nicht damit gerechnet. Und ausgerechnet jetzt...«

»Was soll das heißen, ausgerechnet jetzt? Ich weiß selbst, dass wir nicht wissen, was morgen sein wird. Aber glaubst Du, dass ich jetzt nichts besseres zu tun habe, als ein Kind zu bekommen? Ausserdem dauert es ja eine ganze Weile, bis das Kind kommt! Oder willst Du keine Kinder?«,

Molly war jetzt wütend. Aber wenigstens das Ziehen ließ nach.

»Nein, nein, ich meine doch, natürlich! Ich bin sehr,

sehr glücklich. Du musst Dich jetzt schonen. Ich sorge für Dich und das Baby. Ich liebe Dich!«, sagte Ben schnell.

»Na, dann herzlichen Glückwunsch!«, sagte einer der Soldaten, »Aber, können wir jetzt endlich weiter?«

»Natürlich! Wir sind bereit, Mr. Washington!«, sagte Ben.

Die Soldaten lachten wieder. Diese Briten. Nannten einen Sklaven Mister. Komische Vögel.

Erst sehr spät, es war schon fast dunkel, erreichten sie die Besitzungen der Familie Payton. Es war feucht und neblig geworden, man konnte kaum noch etwas sehen. Washington machte die Reisenden auf die Ankunft aufmerksam:

»Wir sind da. Payton-Plantation!«

Jetzt zeichneten sich Umrisse eines großen Gebäudes in der Dämmerung ab. Als das Fuhrwerk näher kam, staunten Molly und Ben nicht schlecht, denn in den letzten Stunden hatten sie nur kleine Gehöfte und einzelne Hütten gesehen. Das Herrenhaus hatte vier Säulen vor dem Eingang wie ein antiker Tempel. Es war sehr groß, weiß gestrichen und schien bis auf die Kamine komplett aus Holz gebaut zu sein.

Washington sprang vom Bock, ging die Stufen zum Eingang hinauf und klopfte an. Ben half Molly von der Kutsche und sie folgten dem Schwarzen. An der Türe wurden von einem schwarzen Diener im Livree empfangen, der sie in einen großzügigen Salon führte. Ein warmes Feuer brannte im Kamin und in großen Sesseln saßen zwei Damen, ein Herr und zwei Kinder in froher Runde. Als die beiden Neuankömmlinge eintraten, sprang der Gentleman sofort auf und begrüßte Molly und Benjamin.

»Mrs. Jenkins, Mr. Jenkins! Herzlich willkommen in unserer bescheidenen Hütte! Ich bin Leroy Payton, mein Bruder hat mir Ihr Kommen in einem Brief angekündigt. Darf ich Ihnen meine Frau Hannah Philippa vorstellen? Und das hier ist meine Mutter, Misses Amanda Payton. Und das sind unsere beiden Kinder, Millicent und Robert.«

Payton verneigte sich höfisch. Benjamin tat es ihm nach und Molly machte einen Knicks.

»Vielen Dank für Ihre Gastfreundschaft. Wir sind wirklich sehr froh, hier bei Ihnen die nächsten Tage verbringen zu dürfen. Ich hoffe, wir machen Ihnen keine Umstände«, bemühte Benjamin sich möglichst freundlich auftretend zu präsentieren.

»Aber nicht doch! Es ist uns eine Ehre!«

»Leroy! Rede nicht so gestelzt herum! Siehst Du denn nicht, dass das arme Ding völlig durchgefroren ist? Mrs. Jenkins, bitte, kommen Sie hierher zu mir ans Feuer, legen Sie diese nassen Sachen ab und nehmen Sie erst einmal eine Tasse Tee. Mr. Jenkins, möchten Sie einen Brandy? Der weckt die Lebensgeister nach so einer Fahrt!«, sagte die Mutter nonchalant mit einem freundlichen Grinsen.

»Vielen Dank, Mrs. Payton. Ich hätte aber gleich eine Bitte, wenn Sie erlauben«, sagte Molly. Ben nahm ihren Arm und wollte sie abhalten, denn er hielt es für sehr unhöflich, die Gastgeber gleich um etwas zu bitten.

»Molly, bitte...!«

Doch Mrs. Payton lächelte freundlich.

»Sie gefallen mir, Mrs. Jenkins! Immer gerade heraus. Nun, was kann ich für Sie tun?«

»Nicht für mich, ich bitte Sie, dem Kutscher, Mr. Washington und den beiden Soldaten ebenfalls etwas Warmes zukommen zu lassen.«

»Aha«, sagte Mrs. Payton mit einem schelmischen Lächeln.

»Sie haben anscheinend ein großes Herz. Seien Sie gewiss, die Soldaten der Continental Army werden bei uns bestens versorgt. Und was Washington angeht: Er sitzt bestimmt schon bei seiner Frau in der Küche! Er hat es da fast gemütlicher als wir!«

Mr. Payton und seine Mutter lachten. Die beiden Fremden schienen ein etwas seltsames Bild von Plantagenbesitzern zu haben.

»Wir behandeln unsere Leute gut. Wir sind auf sie angewiesen. Natürlich, wenn einer nicht pariert, dann bringt ihn der Aufseher schon zur Raison! Aber das ist bei uns hier selten«, beteuerte nun Hannah, die jüngere der Payton-Damen.

Molly traute diesen Leuten nicht. Sie hatte während der Überfahrt auf dem Schiff genug gesehen, um die Sklaverei zu hassen. Und diese Leute hier hielten Sklaven, wie andere Farmer Vieh. Niemals würde sie Sklaverei gut heißen.

»Ähem, wenn ich auch eine Bitte äußern dürfte, Mrs. Payton. Wir sind heute den ganzen Tag gefahren und müssten uns etwas ausruhen, zudem ist meine Frau in..., anderen Umständen. Könnten wir uns kurz zurückziehen und etwas frisch machen?«, sagte Ben nun, um die Situation zu entspannen.

»Aber selbstverständlich! Sie erwarten ein Baby? Wie schön! Entschuldigen Sie, dass wir Sie gleich so in Beschlag genommen haben. Aber wir sind hier draussen etwas ab vom Schuss, wie man so sagt und bekommen selten Besuch von so weit her. Moses wird Sie zu Ihrem Zimmer führen. Sie bekommen alles, was Sie brauchen. Moses wird sich um alles kümmern!«

»Moses?«

»Ja, er hat sie an der Türe empfangen. Moses? Bring die Herrschaften zu ihrem Zimmer. Und versorge sie gut, hörst Du?«, bestimmte nun Amanda Payton.

Der schwarze Diener Moses nickte und führte Ben und Molly hinaus.

»Diese Frau hasst uns! Das merkt man gleich. Der junge Mann ist da etwas vorsichtiger. Diplomatischer. Aber ich sag Euch gleich: Spione sind das nicht!«, sagte Hannah Philippa Payton, die Herrin des Hauses, als die Gäste ausser Hörweite waren und das Kindermädchen die beiden Kleinen ebenfalls hinausgebracht hatte. Schon nach diesen wenigen Worten mit den Besuchern war ihr klar, dass der Auftrag ihres Schwagers Ethan für sie erledigt war.

»Wir werden sehen. Ich hoffe, wir müssen sie nicht ewig beherbergen. Wie ich hörte, sollen sie möglicherweise gegen Gefangene ausgetauscht werden. Dabei handelt es sich bei den beiden nicht einmal um höhergestellte Persönlichkeiten. Sollten sie als Spione gelten, wäre ihr Wert als Geiseln ungemein höher«, sinnierte

Leroy Payton.

»Soll das heißen, wir sollen einfach behaupten, es wären Spione? Das ist doch lächerlich! Darauf fällt doch niemand herein. Die Briten werden ja wohl ihre eigenen Spione kennen. Warum sollten sie die beiden gegen Gefangene austauschen?«, entgegnete ihm seine Frau.

»Wichtig ist doch, dass wir herausfinden, was sie auf ihrer Fahrt erlebt und erfahren haben. Captain Cooper hatte eine heikle Mission. Wenn diese Iren herausgefunden haben, welche, dann dürfen sie dieses Wissen unter keinen Umständen an die Briten weitergeben. Coopers Auftrag muss geheim gehalten werden, und zwar so lange, wie möglich!«, brachte sich nun auch Amanda Payton in die Diskussion ein.

Leroy nickte zustimmend.

»Nun, dann ist unser Auftrag klar. Wir müssen herausfinden, ob die beiden wissen, was Cooper in Europa gemacht hat. Aber für heute sollten wir uns begnügen, mit ihnen ein gutes Abendessen zu teilen. Schließlich habe ich als Gastgeber einen Ruf zu verlieren. Ich denke, wir sollten unseren Gästen Bescheid geben, dass wir um 8 Uhr abends zu speisen pflegen.«

»Moses!«, rief sie, als der Diener zurück kam, »Komm her!«

Dinner

»Wissen Sie, wir unterscheiden uns schon etwas von den Puritanern, die in Williamsburg über die Sitten wachen. Wir verachten nicht wie diese Leute einen guten Schluck. Und wir sind auch nicht so franzosenfeindlich. Wir sind Anglikaner, das Oberhaupt unserer Kirche ist, wie Sie wissen, noch immer König Georg. Aber Sie müssen auch wissen, dass wir hier unsere eigenen Regeln haben, nach denen wir leben. Unsere Vorfahren trotzten dieses Land den Wilden ab. Nicht Soldaten des Königs haben dieses schöne Stück Erde urbar gemacht, sondern wir Farmer und Plantagenbetreiber. Nur durch das Anlegen von Feldern und Wegen, den Bau von Siedlungen, Mühlen, Straßen, Städten und Häfen nimmt man Besitz von einem Land. Unsere Familie lebt seit vier Generationen hier. Wir haben gegen Indianer und Franzosen gekämpft. Und was ist der Dank der Krone? Steuern, Handelsbeschränkungen und der Zwang, britische Waren zu kaufen. Wir brauchen hier keine britischen Waren. Wir können alles selbst herstellen. Es macht doch keinen Sinn, englisches Tuch über den Atlantik zu fahren, wenn wir hier und vor allem im Süden beste Baumwolle pflanzen können. Und dann dieses Verbot der Krone, nach Westen zu expandieren! Nein, Sir! Wir brauchen die Briten nicht mehr! Wir gründen unsere eigene Nation!«

»Ich verstehe, Mr. Payton. Aber das ruft natürlich die Hardliner auf den Plan, die mit aller Macht versuchen werden, die Revolution niederzuwerfen. Ich fürchte, der Konflikt hier hat gerade erst begonnen. Ihre Haltung in allen Ehren. Aber sie bring tausendfaches Leid und den Tod!«

»Mr. Jenkins, Leroy! Bitte, nicht solche Gespräche bei Tisch. Die Kinder bekommen Angst. Seht nur, wie sie schauen. Keine Angst, Millicent. Robert, schau mich an. Wir sind hier sicher, der Krieg ist weit weg. Wir haben zu Essen und ein schönes Zuhause. Die Kinder können doch noch gar nicht verstehen, was die Männer da reden. Nicht wahr, Mrs. Jenkins?«

Ben sah betroffen zu Boden und auch Leroy Payton räusperte sich und schnitt ein weiteres Stück vom Braten ab. Der barsche Ton des Hausherren hatte den Kleinen Tränen in die Augen getrieben.

»Ja, Mrs. Payton. Den Kindern zu liebe sollten wir das Thema wechseln. Wie war denn der Sommer hier? Ich habe gehört, dass Sie hier in Virginia ein relativ mildes, verträgliches Klima haben. Im Sommer nicht zu heiß und im Winter nicht zu kalt«, bemühte sich Molly, über etwas Unverfängliches zu sprechen.

»Nun ja, meine Liebe. Wie man es nimmt.«, antwortete Hannah.

»In den ersten Wintern des Bestehens der Kolonie verhungerten viele der Siedler. Es kann viel Schnee geben im Januar und Februar. Aber es stimmt. Das Klima ist hervorragend für den Anbau von Tabak und Mais. Auch Kartoffeln wachsen hier gut. Wissen Sie, ...«

Sie wurde jäh unterbrochen. Jemand hämmerte an die Eingangstüre.

»Nanu? Was ist da los? Moses! Mach auf! Wer immer das zu dieser Stunde ist, ich hoffe er hat einen guten Grund uns bei diesem hervorragenden Braten zu stören!«, sagte Payton und legte das Tranchiermesser beiseite. In der Halle gab es lautes Geschrei. Leroy Payton ging sofort hinaus, um nachzusehen, was da los war. Einer der beiden Wachsoldaten, die Ben und Molly begleitet hatten, war hereingekommen. Er war sehr aufgebracht und schrie herum.

»Das Schwein sollte man abstechen! Lassen Sie mich ihn umbringen!«, brüllte er. Er war sichtlich angetrunken.

»Immer mit der Ruhe! Was ist passiert? Wen wollen Sie umbringen?«, fragte der Plantagenbesitzer laut, aber mit großer Beherrschung.

»Diesen Nigger! Washington!«

»Was? Wieso?«

»Er hat Jake erschlagen!«

»Welchen Jake? Ihren Kameraden? Was ist passiert?«

»Wir haben bloß ein bisschen Spaß gemacht. Als der Nigger rausging und die Pferde versorgen wollte, hat Jake seiner Missie, na, Sie wissen schon!«

»Was?«

»Na, er hat halt mal nachsehen wollen, was da unter so einem Niggerweiberrock los ist. Nur so, zu Spaß. Da hat die losgebrüllt und sich gewehrt. Aber das hat Jake dann so richtig angestachelt und er hat ihr den Rock hochgehoben und sie auf den Tisch gedrückt. Da ist der verrückte Nigger reingekommen und hat ihm die Bratpfanne auf den Kopf geschlagen. Jetzt liegt Jake da in der Küche und blutet wie ein Schwein. Und der Nigger und sein Weib sind weg!«

»Verdammt! Los, gehen Sie zu Ihrem Kameraden! Vielleicht lebt er noch und braucht Hilfe! Ich suche nach Washington. Ruft den Aufseher! Hannah, wer kann nach dem Soldaten sehen?«

»Ich mache das!«, rief Molly sofort entschlossen, »Wo ist er?«

»Molly, nein!«, rief Benjamin, »Was tust Du?«

Doch die junge Frau blieb ganz ruhig.

»Ich weiß, wie man eine Wunde versorgt, Ben! Lass mich helfen!«

Ben nickte zögernd, er wußte, dass er sie nicht zurückhalten konnte.

»Sie gefallen mir mehr und mehr«, sagte nun Hannah Philippa zu Molly, »Kommen Sie, ich bringe Sie zu dem Mann!«

Die Großmutter, Amanda Payton, nahm sich der beiden Kinder an, die mit mit erschrockenen Gesichtern am Tisch saßen.

»Kommt, Ihr beiden. Wir essen heute wie die Indianer auf dem Boden. Aber nicht hier, sondern in Eurem Zimmer!«

Wenig später waren die jungen Frauen mit dem Soldaten bei dem Verletzten in der Küche des Anwesens.

Molly konnte tatsächlich die Blutung stillen, indem sie die Platzwunde an Jakes Hinterkopf einfach mit Nadel und Faden zunähte. Schließlich legte sie ihm einen Verband um den Kopf, der aussah wie ein Turban.

Er war immer noch bewußtlos, atmete aber regelmäßig. Zunächst hatte es ausgesehen, als sei er wirklich tot, da er regungslos in einer großen Blutlache gelegen war. Hannah Payton bewunderte die flinken Nähkünste Mollys und dass die junge Frau ohne Rücksicht auf ihr schönes Kleid dem Mann geholfen hatte. Es war nun mit roten Blutflecken übersät. Nach etwa einer halben Stunde kam der Mann zu sich. Er murmelte unverständlich, wußte nicht, wo er war und was geschehen war. Die Frauen ließen ihn auf eine Pritsche legen und stellten einen Sklaven ab, der bei ihm bleiben sollte.

Payton, der zunächst auf dem Gelände nach Washington gesucht hatte und nun zurück in Haus kam, sprach auch Ben an:

»Mr. Jenkins, wollen Sie uns vielleicht begleiten? Ich brauche jetzt jeden Mann. Wir müssen einen entflohenen Sklaven einfangen. Und ich meine wirklich einfangen. Ich will ihn lebend! Können Sie reiten?«, fragte Leroy Payton den jungen Anglo-Iren.

Benjamin war einer der schlechtesten Reiter, den die Welt je gesehen hatte. Er hasste Pferde. Sie waren groß und unberechenbar, rochen schlecht und ließen ihre Hinterlassenschaften überall fallen. Ben wußte, dass es ohne sie nicht ging, dass die Wirtschaft, ja, die ganze

Welt von Pferden abhing. Aber er hasste sie trotzdem.

»Nun, ja, Sir, ich bin wohl etwas..., aus der Übung«, stammelte er und versuchte Paytons Blick stand zu halten.

»Hm. Das wird schon. Reiten verlernt man nicht. Kommen Sie, ich gebe Ihnen mein bestes Pferd!«

In weniger als einer Viertelstunde war der Suchtrupp zusammengestellt. Das Aufgebot bestand aus Mr. Payton, Benjamin, dem Aufseher der Plantage, Mr. Fournier, dem anderen Soldaten und zwei weiteren jungen Männern, die auf der Plantage arbeiteten. Mrs. Amanda Payton hatte mittlerweile die Kinder zu Bett gebracht und ließ nun den Männern Dinnerpakete und Getränke zusammenstellen, falls die Jagd länger dauern würde.

Ben musste unweigerlich an sein Erlebnis im vorletzten Jahr denken, als er in einer ähnlichen Situation einen Flüchtigen verfolgen musste. Er hoffte aber dieses Mal auf einen glimpflichen Ausgang.

Da es am Abend leicht zu schneien begonnen hatte, lag die nächtliche Landschaft wie überzuckert da.

»Wir nehmen die Hunde und Fackeln. Jeder Mann eine Fackel in die Hand. Und nehmen Sie noch zwei als Vorrat. Egal, was passiert, es wird nicht geschossen. Wir holen Washington und seine Frau lebend und unversehrt zurück!«, sagte der Plantagenbesitzer laut.

»Das gilt auch für Sie, junger Mann!«

Damit meinte er den Soldaten, der den Vorfall gemeldet hatte. Dieser wollte unbedingt dabei sein.

»Lassen Sie die lange Muskete hier, sie nützt Ihnen auf dem Pferd nichts!«

So ritten sie los. Benjamins Pferd ließ sich leicht führen und er wunderte sich, dass er keine Probleme hatte, es zu reiten.

»Warum halten Sie keine Fackel, Mr. Jenkins? Können Sie nicht mit einer Hand den Zügel halten?«, fragte der Aufseher, der neben ihm ritt.

»Ich, bin..., etwas aus der Übung, Mr. Fournier. Und noch dazu im Dunkeln...«

»Ha, ich seh' schon! Sie sind ein miserabler Reiter, Mann!«, sagte Fournier lachend.

»Sagen Sie, Mr. Fournier, Ihr Name klingt sehr..., französisch, nicht wahr?«, versuchte Ben abzulenken.

»In der Tat, Sir. Meine Vorfahren stammen aus Frankreich. Wissen Sie, dieses Land hier ist wie ein Schmelzkessel. Es gibt hier alles. Engländer, Deutsche, Spanier, Franzosen, Holländer, Russen und natürlich die Rothäute. Es soll auch ein paar Iren geben«, sagte Fournier lachend, trieb sein Pferd an und setzte sich wieder von Ben ab.

»Und daraus soll eine neue Nation werden? Da bin ich mal gespannt. Wenn man schon in Europa seit Jahrhunderten nicht miteinander auskommt?«, murmelte Ben vor sich hin und konzentrierte sich wieder auf sein Reittier. Nach einiger Zeit knurrte Ben der Magen. Er hatte nur wenige Bissen essen können, bevor das Dinner unterbrochen worden war. Zudem war es sehr kalt in dieser Nacht. Ben fror entsetzlich. Gegen Mitternacht ließ Payton alle zusammenkommen um sich zu besprechen.

»Gentlemen, es hat keinen Sinn mehr! Wir müssen eine Pause machen. Wegen des Schnees haben die Hunde die Spur verloren. Ich schlage vor, dass wir ein Feuer machen und uns ausruhen. Bei Tageslicht können wir versuchen, die Spur erneut aufzunehmen.«

Ben stimmte erleichtert zu. Das Ganze war doch sehr unsinnig. Einfach in der Nacht loszureiten, ohne eine genaue Spur zu haben, zeugte nicht gerade von Weitsicht. Oder war es Absicht, den Suchtrupp in die Irre zu führen? Ben beschloss, Payton seine Gedanken mitzuteilen. Aber zuerst wollte er etwas essen und trinken. Er war hundemüde. Den ganzen Tag auf dieser Kutsche und nun die halbe Nacht zu Pferde bei dieser sinnlosen Menschenjagd. Hatte Washington denn nicht gehandelt, wie jeder Ehemann gehandelt hätte? Ben aß sein

Stück kalten Braten und trank Wasser aus einer Lederflasche. Es war so kalt, das er langsam trinken musste. Das kalte Wasser verursachte ihm Bauchschmerzen. Nochdazu schmerzte sein Hintern vom Reiten.

»Hier, Mr. Jenkins! Trinken Sie etwas Brandy dazu, das wärmt den Magen wieder auf. Eiskaltes Wasser tut nicht gut, zumindest nicht bei diesem Wetter«, sagte Payton, der plötzlich neben ihm stand und eine kleine Blechflasche reichte.

»Danke, Sir. Ich bin zwar kein Freund von starkem Alkohol, aber im Moment...«

Ben nahm einen Schluck. Der starke Alkohol brannte ihm in Kehle und Schlund.

»Sie haben sich sicher schon gedacht, was das hier soll«, begann Payton nun, »aber wir tun das alles hier für Washington.«

»Wie? Ja, natürlich. Wir suchen ihn, damit ihn niemand übermäßig bestraft. Jeder Ehemann hätte getan, was er tat.«

Payton musterte Ben, als könne er trotz des schwachen Feuerscheines in dessen Gesicht lesen, was er dachte.

»Nun, es ist Sklaven nicht erlaubt, zu heiraten. Aber Sie haben recht. Jeder Mann hätte das Gleiche getan. Trotzdem hat er einen Soldaten der Continental Army verletzt! Nun suchen wir ihn, um dem Gesetz genüge zu tun, Sir!«, sagte Payton ernst. Dann entspannten sich seine Züge.

»Genauer gesagt, wir suchen ihn..., zum Schein!«, flüsterte er nun Ben zu.

»Ah, ja? Ich verstehe nicht...«

»Ganz einfach. In diesem Moment befindet er sich mit seiner Frau in der Hütte meines Verwalters am Feuer und schläft vermutlich.«

»Aber..., wieso?«

»Er ist nicht nur einfach ein Sklave. Sie wissen, warum er Washington heißt?«

»Weil Sie ihn von General Washington gekauft haben, oder?«

»Nein. General Washington hat ihn mir geschenkt. Als Glücksbringer. Er hat mir das Leben gerettet.«

»Der General?«

»Washington.«

»Ach? Wie das?«

»Er hat mich aus dem Fluss gezogen. Bei einem Besuch wollte ich die Bauart einer Brücke studieren und habe mich ich zu weit nach vorne gebeugt. Ich fiel ins Wasser. Washington sprang sofort hinterher und zog mich heraus. Wissen Sie, ich bin wahrscheinlich ein noch schlechterer Schwimmer, als Sie Reiter sind!«

»Sir! Das halte ich für gänzlich ausgeschlossen!«, sagte Ben mit gespielter Empörung. Aber er musste sogleich grinsen. Beide lachten. Ben hatte das Gefühl, dass dieser Mann ihn mochte. Und er musste zugeben, dass auch er diesen Plantagenbesitzer gerne zum Freund gehabt hätte. Doch konnten die politischen, weltanschaulichen Gräben zwischen ihnen überwunden werden? Würde man sich gegenseitig trauen können?

»Ich hoffe, dass Sie lange bleiben, Mr. Jenkins. Ich freue mich auf die Gespräche mit Ihnen.«

»Ganz meinerseits, Sir. Ich bin mir sicher, hier eine Menge über Ihr Land zu lernen.«

»Danke, dass Sie es so nennen!«, sagte Payton.

»Wie?«

»Ihr Land!«

Tragödie

Der Suchtrupp kehrte gegen Mittag ergebnislos zur Plantage zurück. Ben konnte es kaum erwarten, Molly wieder in seine Arme zu schließen. Seltsam, seit Beginn ihrer Seereise waren sie nicht eine Minute getrennt gewesen und nun, da er eine Nacht und einen halben Tag ohne sie unterwegs gewesen war, zählte er die Stunden, die er sie nicht gesehen hatte. Seit dem Morgen, als Payton die Suche zunächst fortsetzen und schließlich gegen Mittag abbrechen ließ, dachte Ben nur noch an Molly. Ein Kind. Sie bekamen ein Kind. Noch vor zwei Monaten war er ein einfacher Sekretär in Dublin gewesen, ein kleiner Angestellter, der sich nicht einmal in den kühnsten Träumen ausmalten durfte, je eine Familie gründen zu können. Und nun war er verheiratet, und seine Frau schwanger. Vor ihnen lag eine neue Welt. Viele Gedanken begleiteten ihn auf dem Ritt zurück. Als erstes brauchte er eine Anstellung, dann mussten sie eine Wohnung finden, oder vielleicht sogar ein kleines Haus. Wenn es gut lief, wollte er auf jeden Fall eine Hilfe für den Haushalt anstellen. Molly sollte es gut haben. Aber wo sollte er hier Arbeit finden? Die Gegend war dünn besiedelt und die einzigen Arbeitgeber waren Großgrundbesitzer. In den größeren Siedlungen Jamestown und Williamsburg in der Nähe gab es vielleicht Möglichkeiten. Ben wollte gleich nach ihrer Ankunft danach fragen. Die restlichen 30 Pfund in Gold würden nicht mehr lange reichen.

Leroy Payton hatte andere Probleme. Den Soldaten wollte er mit seinem verletzten Kameraden so schnell wie möglich zurück nach Hampton schicken, damit Washington keine Probleme bekam. Fournier hatte bereits seine Anweisungen diesbezüglich bekommen.

Payton und Ben trafen im Herrenhaus ein, als ein gut gekleideter Herr mit einer großen Ledertasche in der Halle seinen Mantel anzog, und sich gerade verabschieden wollte.

»Doktor Pierce! Was verschafft uns die Ehre? Ich wußte gar nicht, dass Sie heute kommen wollten. Aber, brechen Sie schon wieder auf? Gerade jetzt, wo wir zurückkommen? Ach, übrigens, das hier ist unser Gast, Mr. Benjamin Jenkins!«, rief Payton, als er den Mann sah.

»Ja, Mr. Payton, ich breche schon wieder auf. Ich

bin leider sehr in Eile. Ich habe noch einige Hausbe-
suche zu erledigen, und bei diesem Wetter möchte ich
nicht in die Nacht kommen. Ihre Frau ließ mich rufen,
Sir, Sie werden wissen, warum. Mr. Jenkins, nehme
ich an? Tut mir sehr leid, Sir, alles Gute.« Der Arzt
ging hinaus und ließ die beiden Männer verdutzt in der
Halle stehen.

»Na, so was! Das ist das erste Mal, dass der Mann
keinen Drink auf den Weg nimmt. Aber, er wird wohl
seine Gründe haben. Ich denke, er war wegen des Verletzten hier.«

Benjamin beschlich ein ungutes Gefühl. Es täte ihm
leid, hatte der Doktor zu ihm gesagt. Er musste nach
Molly sehen. Ohne ein weiteres Wort zu verlieren ließ
auch er Payton stehen und rannte die Treppe hinauf
zu ihrem Zimmer.

»Was...? Jenkins! Jetzt rennt der auch weg! Na, ich
brauche erst einmal einen Schluck!«, sagte Payton nun
in der Halle zu sich selbst und ging in den Salon. Dort
saßen seine Frau und seine Mutter und machten beide
ein betrübtes Gesicht.

»Was ist denn hier los? Kann mich jemand bitte
aufklären? Wieso war Doktor Pierce da? Ist der Soldat
gestorben?«, fragte er in die Runde.

»Oh, Leroy! Es ist schrecklich. Die arme Mrs. Jenkins. In der Nacht hatte sie starke Blutungen. Wir haben sofort nach dem Doktor geschickt, aber er konnte nur noch feststellen, dass sie ihr Kind verloren hat. Sie ist am Boden zerstört. Ausserdem ist sie wegen des Blutverlustes sehr schwach. Ihr Leben steht auf des Messers Schneide!«, sagte Hannah Philippa mit erstickter Stimme.

»Oh, nein! Das ist ja furchtbar! Eine Tragödie. Die arme Frau. Wer kümmert sich um Mrs. Jenkins?«, fragte Payton bestürzt.

»Washingtons Frau Rose, sie ist die beste Hebamme hier. Sie hat geholfen, unsere Kinder zur Welt zu kommen. Ich wüßte keine bessere.«

Minutenlang fehlten ihnen die Worte. Schließlich durchbrach Leroy das Schweigen.

»Es wird alles gut. Ich bin mir sicher. Ich erwäge, diesen jungen Mann einzustellen. Allerdings muss ich erst prüfen, was er bisher gearbeitet hat. Wenn die beiden schon hier bleiben sollen, kann ich ihn genauso gut einstellen.«

»Und wo sollen sie wohnen? Sie werden nicht immer hier im Haus bleiben wollen. Wir haben nur die alte Wohnung des Aufsehers als Wohnraum zu bieten. Es ist aber nicht mehr als eine zugige Kammer im Lagerhaus!«

»Auch darüber habe ich schon nachgedacht. Ich plante schon länger, das Lagergebäude mit der Dienstwohnung zu erweitern. Die beiden jungen Leute könnten dort einziehen. Ein Teil seines Gehaltes würde ich für die Wohnung einbehalten. Das ist für beide Seiten praktisch, wir bekommen einen günstigen Buchhalter, und die Familie Jenkins günstigen Wohnraum. Wir könnten morgen beginnen, die Wohnung herzurichten.«

»Jetzt lass' sie sich doch erst einmal erholen, Leroy! Wir wissen nicht einmal, ob die junge Frau überlebt! Fall' bitte nicht mit der Tür ins Haus! Das ist wieder einmal typisch: Immer eine Idee, eine Lösung, ohne genauen Plan, und dann sofort anfangen.«

Payton blickte seine Frau an. Sie kannte ihn zu gut. Aber das war seine Art, die Dinge voranzutreiben. Das Beste hoffen und anpacken!

Ben saß auf der Kante von Mollys Bett. Sie waren in einem sehr hübschen Raum einquartiert worden, der sehr nach einem Mädchenzimmer aussah.

»Mein armer Liebling. Was ist nur passiert? Wenn ich gewusst hätte, dass es Dir so schlecht geht, wäre ich bei Dir geblieben!«, sagte er und hielt ihre Hand. Molly war sehr schwach. Doch sie sah Ben an und versuchte sich zusammenzunehmen.

»Es tut mir leid, Ben. Es ging so plötzlich. Schon am Abend hatte ich wieder diese Schmerzen. Durch die Aufregung waren sie aber auch schnell wieder verflogen. Als der Soldat versorgt war und Ihr fortgeritten seid, begann ich zu bluten. Ich habe das Kind verloren. Und gerade erst hatte ich mich an den Gedanken gewöhnt, bald Mutter zu sein. Es ist meine Schuld!«

»Aber nicht doch, Liebste. Du kannst doch nichts dafür. All die Aufregung, die lange Fahrt auf dem offenen Wagen bei dieser kalten Witterung. Mir tut es leid, dass ich es Dir nicht bequemer machen konnte. Aber sprich nicht so viel. Du musst dich ausruhen und schonen. Du wirst sehen, bald geht es Dir wieder besser.«

Ben gab ihr einen Kuss auf die Stirn.

»Sie sollten Ihre Frau jetzt schlafen lassen, Master Ben. Sie braucht Ruhe«, sagte Rose sanft. Ich bleibe bei der Misses und passe auf. Verlassen Sie sich auf mich.«

Rose hatte eine sehr ruhige, einfühlsame Art. Ben vertraute ihr sofort.

»Geh' nur, Ben«, sagte Molly, »Ich bin sehr müde.«

»Gut. Aber ich bleibe in der Nähe. Ruft mich, wenn etwas ist. Bitte, Misses Rose, passen Sie gut auf Molly auf. Sie ist alles, was ich habe.«

»Natürlich, das tue ich, Master Ben«, sagte Rose, und hielt ihm die Türe auf. Als Ben zur Türe ging, überkam ihn eine nie zuvor gekannte Angst. Er hatte das Gefühl, wenn er hinausging und die Türe schloss, Molly nie wieder in die Arme nehmen zu können. In der Türe drehte er sich noch einmal um.

»Schon gut, Ben. Ich halte durch. Versprochen!«, sagte Molly schwach.

Plantagenarbeit

Es dauerte endlose Tage und Nächte, bis Molly sich etwas erholen konnte. Die Fürsorge von Rose war ihre Rettung. Benjamin konnte sehen, wie es Molly nach und nach besser ging. Aber erst nach drei Tagen konnte sie das Bett verlassen und etwas im Zimmer auf und ab gehen. Benjamin wich ihr die ganze Zeit nicht von der Seite. Schließlich bestand Molly darauf, dass Benjamin nun wieder jeden Tag ein paar Stunden an die frische Luft gehen solle, damit er auf andere Gedanken käme. Sie bat Mrs. Payton, ob ihr Mann Benjamin die Gegend zeigen, oder ihm irgendeine Aufgabe geben könne. So kam es, dass Ben nun an jedem Tag, an dem die Witterung es zuließ, unterwegs war und die nähere Umgebung kennenlernte. Leroy Payton nutzte diese Zeit, um dem Gast die Arbeit auf der Plantage zu erklären und zu zeigen. Jetzt im Winter war weniger zu tun. Die Sklaven und Arbeiter reparierten landwirtschaftliche Geräte und Werkzeuge oder stellten sie neu her. Zusätzlich rodeten sie Waldflächen, um im Frühjahr dort neue Felder für den Tabak anzulegen. Das Holz wurde zu Brennholz verarbeitet, die bsten Stämme der Bäume gingen in ein eigenes Sägewerk. Payton war darauf bedacht, möglichst alles selbst herzustellen, und auch seine eigene Getreidemühle klapperte am Bach in der Nähe der Stallungen. Besonders stolz war Payton auf seine Pferdezucht, die verschiedene Rassen hervorbrachte. Schnelle Reitpferde und verschieden Arbeitspferde standen in den Ställen. Darunter waren schwere Zugpferde, die als Rückepferde bei der Waldarbeit oder zum Pflügen gebraucht wurden, Pferde für leichte Kutschen und sein ganzer Stolz: Sechs Reitpferde, die jedem Kavallerieoffizier sehr gut gefallen hätten.

»Die Hälfte meiner Pferde habe ich der Continental Army schon zur Verfügung gestellt. Aber alle gebe ich nicht her, es sei denn, ich und meine Brüder und Schwäger reiten damit selbst in die Schlacht!«, sagte er mit einem Grinsen zu Ben.

»Ah, da ist ja das hervorragende Pferd, dass Sie mir für unsere abenteuerliche Jagd ausgeliehen hatten. Ein prächtiges Tier!«, sagte Ben, der das Pferd wiedererkannte.

»Ja, beziehungsweise, war es einmal hervorragend.

Jetzt ist es sehr alt und gutmütig, es läuft einfach mit den anderen mit. Sie haben anscheinend wenig..., Affinität zu Pferden, ist es nicht so?«

»Sagen wir, wie es ist: Ich habe keine Ahnung von Pferden«, musste Ben zugeben, »aber dieses hier ist mein Freund, nicht wahr, mein Alter?«

Ben streichelte das Pferd, und bei Tageslicht sah auch er als Laie, dass es schon sehr alt war.

»Er heißt Sirius. Sehen Sie den sternförmigen Fleck auf der Stirn? Ja, Sirius hatte sehr gute Jahre hier. Und ich werde ihn bis zu seinem Tod hier beherbergen. Er hat es sich verdient.«

»Das ist sehr edelmütig. Schließlich kostet auch ein altes Pferd Futter und einen Platz im Stall.«

»Gut erkannt, mein Bester! Aber ich hoffe, dass mich meine Familie auch bis ins Alter behält, wenn ich nur noch Futter koste!«, lachte Payton.

»Das ist doch etwas anderes, Mr. Payton.«, meinte Ben.

»So? Ist es das wirklich? Glauben Sie denn, unsere Sklaven werden nicht auch alt? Ich lasse auf jeden Fall hier niemanden verhungern, der sein Leben lang für mich und meine Familie gearbeitet hat. Und ich habe schon einigen meiner Sklaven im Alter die Freiheit geschenkt. Sie leben nun in Hütten ganz in der Nähe ihrer Familien.«

»Ich muss zugeben, dass Sie ganz und gar nicht meinem bisherigen Bild vom Plantagenbesitzer entsprechen. Aber ich fürchte, dass nicht alle so denken, wie Sie, Mr. Payton.«

»Ich kann nur für mich selbst sprechen, Mr. Jenkins. Aber bitte, nennen Sie mich Leroy!«

»Benjamin«

»Sehr schön, Benjamin, dann hätten wir das jetzt. Und nun möchte ich Ihnen einen Vorschlag machen: Was halten Sie davon, wenn Sie künftig für mich, beziehungsweise für unsere Familie arbeiten? Ich könnte einen Verwalter, Buchhalter und Sekretär gut gebrauchen. Dazu freie Kost und Logis für Ihre Frau und Sie. Was halten Sie davon, Benjamin?«

»Das ist eine große Ehre. Ich weiß gar nicht...«

»Nur keine falsche Bescheidenheit, Benjamin! Ihre politische Einstellung ist mir egal, solange sie uns als ihrem Arbeitgeber gegenüber loyal sind. Wir sind Patrioten, jawohl! Aber wir zwingen Sie nicht, ebenso welche zu sein oder zu werden. Ich möchte Sie aber gerne hier behalten, nichts als Gefangene oder als Geiseln, sondern freiwillig. Sollten die Briten obsiegen, gebe ich Sie wieder frei. Mein Wort als Ehrenmann darauf!«

Payton hielt Ben seine Hand hin, in der Hoffnung er

möge einschlagen. Doch Jenkins zögerte.

»Das ist wirklich ein großzügiges Angebot, Leroy. Ich muss es aber erst mit Molly besprechen. Ich werde nicht über ihren Kopf entscheiden.«

Payton zog die Hand zurück. Etwas kühl antwortete er:

»Gut, verstehe. Mein Angebot steht. Aber zögern Sie nicht zu lange, Mann!«

Geheime Informationen

»Nun, Leroy, was hältst Du von unseren Gästen? Sie sind jetzt schon beinahe drei Wochen hier und Mrs. Jenkins hat sich von ihrer Fehlgeburt schon einigermassen erholt. Seit einer Woche wartest Du nun schon darauf, dass Jenkins Dein Angebot, hier zu arbeiten, annimmt. Wie lange willst Du ihm eigentlich noch Bedenkzeit geben?«

Leroy Payton saß bequem in einem der weich gepolsterten Sessel des Salons und zog an seiner Pfeife. Genüsslich bließ er den Rauch aus.

»Hannah, wozu die Eile? Sieh doch aus dem Fenster, wie es schneit. Wir haben wirklich Zeit. Bis zum Frühling wird es wohl kaum eine große Veränderung der politischen Lage geben. Vielleicht ziehen die Briten endgültig ab, ja. Vielleicht auch nicht. Wir haben hier im Moment nicht viel zu tun. Das Magazin und das Büro mitsamt der Wohnung im Obergeschoss wird auf jeden Fall ausgebaut, weil wir es brauchen. Natürlich brauchen wir langfristig auch einen Buchhalter. Aber wenn Jenkins nicht will, kann ich ihn nicht zwingen. So wie ich ihn einschätze, ist er viel zu anständig, um sich von uns hier noch länger umsonst bewirten zu lassen. Er hat zwei Möglichkeiten: Er nimmt die Stelle an oder er bietet uns Geld für Kost und Logis.«

»Meinst Du, die beiden sind so vermögend? Auf Dauer muss er etwas arbeiten. Ihre Handelsware wurde beschlagnahmt und ihre Obligationen sind wertlos, solange der Krieg andauert. Und wenn wir, mit Gottes Hilfe, die Briten für immer aus diesen Kolonien hinausgeworfen haben, wird ihr Rechtsanspruch nichtig sein.«

»Hm. Nebenbei, welche Handelsware war es denn? Ich wußte zu gerne, womit die beiden ihr Geld hier verdienen wollten.«

»Mrs. Jenkins hat mir gesagt, dass es sich um einen größeren Posten Nachttöpfe gehandelt habe.«

»Wie bitte? Nachttöpfe? Wer zur Hölle braucht denn das?«

»Leroy, nicht solche Worte! Also, ich finde solch ein Nachtgeschirr sehr praktisch. Und es soll beste französische Ware gewesen sein. Vornehmlich für den Gebrauch von Damen. Molly versicherte mir, dass viele der Passagiere während der Überfahrt diese Pot de chambre jeden Tag nutzten.«

»So, so. Molly. Ihr versteht Euch wohl ganz gut?«

»Nun, sie ist kein zartes Pflänzchen. Jung, ja, aber sehr ehrlich und geradeheraus. Eine starke Frau. Wenn Du mich fragst, Leroy, ich bin mir nun sicher, die beiden sind keine Spione. Aber ich werde das Gefühl nicht los, das sie irgendein Geheimnis mit sich tragen, dass sie mit großer Vorsicht verbergen. Doch, Du kennst mich. Ich komme schon noch dahinter.«

»Ah, ja. Hast Du sie schon einmal auf den Kopf zu gefragt, was sie verbergen? Vielleicht sollte man sie einfach direkt...«

Payton wurde unterbrochen. Es hatte geklopft und Moses, der schwarze Diener stand in der Türe.

»Mr. Payton, Sir? Ein Bote hat soeben einen Brief für Sie abgegeben«, sagte er und reichte Leroy einen Umschlag.

»Danke, Moses. Sind unsere Gäste schon wieder von ihrem Spaziergang zurück? Es schneit jetzt doch stärker und ich mache mir Sorgen.«

»Nein, Sir, bisher sind sie noch nicht wieder gekommen.«

»Du musst nach ihnen sehen, Leroy. Molly ist immer noch schwach.«

»Immer mit der Ruhe. Es ist noch hell draussen und

sie sind noch nicht lange fort. Sollten sie bis zur Dämmerung nicht zurück sein, lasse ich sie suchen.«

Leroy erbrach das Siegel und riss den Umschlag auf.

»Von Ethan. Dunmore hat den Elisabeth River verlassen und segelt die Küste entlang nach Süden. Unsere Einheiten versuchen, ihnen auf dem Landweg zu folgen. Das wird schwierig, bei diesem Wetter. Dunmore wird versuchen, sich entlang der Küste zu versorgen. Keine Siedlung auf seinem Weg wird sicher sein. Verdammt! Ich hatte gehofft, dass er umgehend nach England zurückkehrt.«

»Also doch eine Weiterentwicklung der politischen Lage. Was schreibt er noch?«

»Es wurde ein Warenposten der Familie Jenkins von der Beschlagnahmung freigegeben. Er steht in Hampton zur Abholung bereit. Na, die Ware wird wohl bis zum Frühjahr warten müssen.«

»Die Nachttöpfe?«

»Vermutlich. Und da ist noch eine Ausgabe der Virginia Gazette, darin befindet sich ein Bericht über die Niederlage der Briten bei Great Bridge und ein weiterer über das Niederbrennen Norfolks«, fügte Leroy hinzu. Vor Aufregung war er stehen geblieben und begann vorzulesen.

»Hier steht über die Freiwilligen von aus North Carolina: 150 Gentlemen marschierten als Freiwillige nach Virginia, nachdem sie von Lord Dunmores Unverschämtheiten und Ungeheuerlichkeiten gehört hatten. In Great Bridge zerstörte Dunmore, als er dort auf Widerstand gestoßen war, sechs Häuser, errichtete eine Palisade und sicherte die Brücke mit zwei 12 Pfund Kanonen. Auf der anderen Seite des Elizabeth River zog Colonel Woodford seine Truppen zusammen, Reguläre, Minutemen und Freiwillige. Der britische Captain Fordyce sollte mit 120 Britischen Grenadieren und Milizionären das andere Ufer erstürmen. Da die Patrioten sie auf 50 Yards ohne Gegenwehr herankommen ließen, glaubten die Briten die Stellungen verlassen und wähnten sich schon als Sieger. Fordyce rief: »Der Tag gehört uns!« Da erhoben sich 80 Patrioten auf der Schanze und gaben gaben auf die Briten wohl gezielte und vernichtende Schüsse ab. Nach 25 Minuten war der Versuch Dunmores, die Stellung der Patrioten zu überwinden, gescheitert. Die Briten hatten 102 Männer verloren, während sich nur einer der Patrioten leicht am Daumen verletzt hatte. Noch in der Nacht waren die Briten gezwungen, den Rückzug zu ihren Schiffen bei Norfolk anzutreten.«

»Wie grausam. Aber das ist uns schon bekannt!«

»Und hier der Bericht über die Zerstörung von Norfolk.«

»Das sind keine Neuigkeiten, wir wissen von beiden Geschehnissen bereits seit Wochen. Aber was schreibt Ethan noch?«, drängte Hannah ihren Mann, der sich das weitere Schreiben durchlas, nachdem er sich wieder in seinen Sessel gesetzt hatte.

»Sie brauchen alle Pferde. Wenn die Continental Army schnell genug an den Orten sein soll, wo die Flotte der Engländer zuschlägt, braucht sie eine schnelle Kavallerie. Bisher haben unsere Truppen bestenfalls 50 Dragoner aufzubieten. Zu Fuß können die Soldaten und Minutemen niemals den Schiffen folgen. Die gesamte Küste muss in Alarmbereitschaft versetzt werden. Die Artikel in der Gazette sollen dabei helfen, die letzten Unentschlossenen für unsere Sache zu gewinnen. Woodford lässt die Zeitung überall verteilen. Dunmore muss gezwungen werden, nach England zurückzukehren. Und das wird er, wenn er keinen Hafen hier findet. Auch nach Boston und New York kann er nicht. Wenn er Virginia und die Küste hier verlässt, dann für immer!«

»Woher nimmst Du die Sicherheit, dass der König nicht eine starke Armee in Virginia landen lässt? Schließlich sind hier die ältesten Siedlungen. Warum glaubst Du, dass er alles auf Boston und New York konzentriert?«

»Es liegt auf der Hand! Wenn die großen Städte und Häfen fallen, wird es für eine Armee und Flotte, und sei sie noch so groß, schwierig, wieder hier Fuß zu fassen. Armeen brauchen Infrastrukturen, so fern der Heimat. Die Engländer werden wiederkommen, ganz sicher. Mit einer riesigen Flotte, mit vielen tausend Soldaten. Berufssoldaten, Liebling. Aber auch mit Söldnern. Wenn sie sich hier nicht versorgen können, werden sie schnell Probleme bekommen. Hunger und Seuchen gehen mit Versorgungsengpässen bei der Armee einher. All das schwächt sie. Wie gut Dunmores Flotte versorgt ist, wissen wir nicht. Aber ohne Stützpunkt wird er in Virginia nie mehr Fuß fassen. Er wird eine Entscheidung treffen müssen. Früher oder später muss er abziehen. Zu General Gage nach Boston zu fliehen verbietet ihm wahrscheinlich seine Ehre. Ausserdem wird Boston immer noch belagert. Hier steht auch, dass man Kanonen zur Belagerung herbeischafft, um den Hafen von Boston zu bestreichen. Dann werden die Briten bald evakuieren müssen.«

»Wie das? Mitten im Winter Kanonen über Land bewegen? Das scheint mir unmöglich!«

»Sie werden Schlitten benutzen. Wenn der Lake Champlain zugefroren ist, können sie die Geschütze aus dem

Fort Ticonderoga, das wir im März erobert haben, nach Boston bringen. Du wirst sehen, Boston fällt noch vor dem Frühjahr!«

»Das sind aber doch eigentlich sehr wichtige Informationen. Wenn das ein Spion hört, könnten Agenten die Sache vereiteln. Wieso schreibt Ethan Dir so etwas? Ich finde das sehr leichtsinnig!«

»Meine Liebe, so dumm ist Ethan nicht! Ich denke, dass die Kanonen schon längst vor Ort oder kurz davor sind. Aber die Information könnte uns helfen, unsere Gäste auf die Probe zu stellen!«, grinste Leroy, »Wenn Jenkins wirklich ein Spion ist und diese Information bekäme, müsste er dann nicht so schnell als möglich versuchen, sie den Briten zukommen zu lassen?«

»Du Teufel!«, sagte Hannah, »Du willst ihn hereinlegen, indem Du ihm eine Information gibst, die gar keine Neuigkeit mehr ist?«

»Genau so, meine Liebe, genau so! Jedoch würde ich es nicht ganz so drastisch formulieren. Ich möchte ihn vielmehr auf die Probe stellen!«

Ticonderoga

Am Abend bat Leroy Payton seine Gäste Molly und Benjamin Jenkins zusammen mit seiner Familie zu speisen. Es gab Hühnerfrikassee und Süßkartoffeln, Hammelbraten und verschiedenes Wintergemüse. Ben war überrascht, dass man hier im Winter noch so frisches Gemüse hatte, und wieder schmeckte es hervorragend. Das Bier, das ebenfalls selbst gebraut war, war würzig und süffig, und schon der zweite Krug stieg Ben zu Kopf. Auch Leroy trank mit großem Durst und bereits vor dem Nachtisch begann er lauter als gewöhnlich zu sprechen.

»Jetzt haben wir diese verdammten Briten im Sack! Mein Bruder schreibt mir gerade, dass nun geplant wird, Kanonen von Fort Ticonderoga zu holen, die Boston in Schutt und Asche legen werden, genau so wie es Dunmore mit Norfolk getan hat! Und dann werden diese verdammten Engländer Boston verlassen!«

»Ach, ja? Und wie soll das gehen? Wenn es hier

schon so schneit, dass Ross und Wagen steckenbleiben wie mag es erst im Norden aussehen? Ich habe gehört, dort liegt der Schnee im Januar meterhoch!«, sagte Molly etwas frech, denn eigentlich lag ihre Zukunft und ihr Vermögen in Boston.

»Unsere genialsten Köpfe arbeiten daran. Ein gewisser Henry Knox, Madame, ein technisches Genie, baut Schlitten, mit denen man tonnenschwere Geschütze über Eis und Schnee bewegen kann. Es wird sogar schneller als im Frühjahr gehen, wenn die Böden morastig sind!«, rief Payton geradezu aus.

»Das sind gute Neuigkeiten für die Patrioten, Sir«, sagte Benjamin, »und sehr schlechte für den König.«

»Messerscharf erkannt, Benjamin! Jetzt ist der Krieg bald vorbei! Und dann gründen wir ein eigenes Königreich!«

»Aha? Ich dachte, der Kongress soll demokratisch aufgebaut sein, wie einst im antiken Athen. So habe ich es jedenfalls gelesen. Wollen Sie Washington jetzt zum König von Amerika machen?«

»Warum nicht? Ich wüßte keinen besseren! Aber keine Angst, junger Freund. Wir nennen es Präsident!«

»Nun ist aber gut, Leroy! Wir haben Gäste! Es ist sehr unhöflich, nur vom Krieg zu reden«, meldete sich nun Hannah Philippa zu Wort.

»Meine liebe Molly, ich sehe, es geht Ihnen besser. Um so erfreulicher, dass ich Ihnen beiden auch eine gute Nachricht überbringen kann: Ihre Ware wurde freigegeben und wird ihnen zurückerstattet. Sie können sie abholen lassen, sobald es das Wetter zulässt. Ist das nicht wunderbar?«

»Wirklich? Das freut mich«, sagte Molly, machte aber sogleich ein betrübtes Gesicht, »Wenngleich, was soll ich hier mit 100 Nachttöpfen anfangen? Wo sollen wir sie lagern? Wie soll ich sie hier verkaufen?«

»Molly, meine Liebe, warum bleiben Sie beide nicht hier bei uns und Ihr Mann nimmt das Angebot meines Mannes an? Wir brauchen wirklich einen fähigen Buchhalter«, sagte Mrs. Payton und legte ihre Hand auf Mollys Arm. Diese lächelte etwas verlegen und sah hilfesuchend zu Ben.

»Sie haben recht, Mrs. Payton! Ich nehme an! Ich nehme dankend Ihr Angebot an, hier auf dieser Plantage als Buchhalter zu arbeiten. Es ist ein sehr gutes und großzügiges Angebot. Ich hoffe, ich erweise mich als würdig!«, sagte Benjamin ebenfalls etwas lauter als gewohnt. Er war dabei aufgestanden und musste sich am Tisch festhalten, denn der Alkohol tat bereits seine Wirkung.

»Sehr schön, junger Freund!« rief Payton, »darauf

stoßen wir an! Cheers!«

Gleich nach dem Dinner besprachen die Herren bei einem Glas Brandy die Modalitäten des Arbeitsvertrages. Ben und Molly sollten eine Wohnung im Lagerhaus bekommen. Aus der Kammer und den angrenzenden Räumen im ersten Stock sollte eine geräumige Wohnung werden. Weil darunter ein Büroraum mit Kamin war, würde die Wohnung sogar beheizbar sein. Dazu sollten sie Pferde und Kutsche nutzen dürfen. Auch eine Haussklavin wollte Leroy den beiden zur Verfügung stellen, doch Benjamin lehnte ab, er wußte, dass Molly das niemals zulassen würde.

»Aha, Sie wollen sich wohl selbst ein paar Sklaven kaufen? Keine schlechte Geldanlage, vorausgesetzt, man versteht etwas davon«, sagte Payton, der nun schon einigermaßen alkoholisiert schien.

»Nein, Molly möchte selbst..., den Haushalt besorgen. Sie ist..., sehr gut darin«, gab Benjamin zurück, der immer mehr unter einer schweren Zunge litt, und schon verdächtig lallte. Er hatte vom Brandy nur einen kleinen Schluck gekostet, denn er hasste das Gefühl, wegen des Alkohols die Kontrolle zu verlieren. Doch sein Gastgeber hatte das Glas bis zum Rand gefüllt.

»Was ist, Ben? Schmeckt Ihnen mein Brandy nicht?«

»Oh, doch, er ist..., ausgezeichnet. Ich vertrage nur

leider nicht solche Mengen an Alkohol. Es wäre doch eine Schande, wenn das gute Essen, das wir heute hatten..., sich vorzeitig verabschieden würde«, sagte Benjamin etwas gequält. Leroy lachte. Er füllte sein eigenes Glas erneut, bis es beinahe überlief.

»Wenn Sie es sagen? Wenigstens versuchen Sie erst gar nicht, den Helden zu spielen. Sie wollen die Kontrolle nicht verlieren, stimmt's? Das ist sehr gut. Aber glauben Sie mir, manchmal müssen wir auch an unsere Grenzen gehen. Das macht uns zu Menschen!«, sagte der Plantagenbesitzer plötzlich völlig klar, nahm sein Glas und hielt es in die Luft.

»Ich trinke auf Ihr Wohl, Benjamin Jenkins! Mögen Sie lange leben!«

Payton führte sein Glas zum Mund und trank es in einen Zug aus.

Neue Ziele

Innerhalb von 2 Wochen hatten die Zimmerleute die Verwalterwohnung im ersten Sock über den Büroräumen des Lagerhauses ausgebaut. Das Gebäude war ein stattlicher Holzbau, fest und stabil. Durch die leichte Hanglage gab es an der Rückseite des Gebäudes eine Verladerampe, hier konnten Waren ohne Höhenunterschied auf Wägen geladen werden. Der Standort war mit Bedacht gewählt, und es waren nur wenige Schritte zum Brunnen, so dass die Arbeiter und Bewohner sich leicht mit frischem Wasser versorgen konnten. Die Wohnung im ersten Stock war durch den Umbau geräumig und hell. Molly hatte sie sehr schön eingerichtet. Das Paar besaß kaum Möbelstücke, aber Dank der geschickten Handwerker waren in den Nischen Schränke mit Regalen und Kleiderstangen eingebaut worden, sodass sie nur Bett, Tisch und Stühle hatten hinzufügen müssen. Diese wurden ihnen von der Familie Payton zum vorübergehenden Gebrauch zur Verfügung gestellt. Auch die Küche bestand aus Regalbrettern, die Molly mit hübschen gehäkelten Vorhängchen ausgestattet hatte, um Töpfe und Geschirr vor den Blicken der Gäste zu verstecken. Ben plante noch, zwei große Spiegel anzuschaffen, mit deren Hilfe man mit nur wenigen Kerzen den Wohn- und Essbereich am Abend erleuchten würde können. Doch das musste wohl bis zum Frühjahr warten, denn solche Luxusgüter waren im Moment weder in Jamestown noch in Williamsburg zu bekommen. Sämtlicher Schiffsverkehr ruhte, zum einen wegen des Eises auf den Flüssen, zum anderen wegen der Royal Navy, die sich noch immer in den Gewässern vor Virginia herumtrieb. Im James River hatte man sogar Schiffe versenkt, um die Zufahrt zur Stadt zu blockieren.

Gleich am ersten Wochenende nach ihrem Einzug hatten Ben und Molly die Familie Payton zum Dinner gebeten und Molly hatte ihnen Irish Stew gekocht. Hatte Leroy zunächst noch etwas die Nase gerümpft über dieses »Arme-Leute-Essen«, was ihm unter dem Tisch einen Fußtritt seiner Frau beschert hatte, so war es dann doch er selbst gewesen, der mehrere Portionen mit großem Genuss verspeiste. Als zweiten Gang hatte es dann eine Hammelkeule in Pfefferminzsoße mit Potatoes gegeben, auch das eine Speise, die nicht unbedingt jedermanns Sache ist. Doch Mollys Künste waren unschlagbar.

»Ich muss sagen, das war wunderbar! Sie sollten für unsere Armee kochen. Die Männer würden nicht mehr für die Revolution kämpfen, sondern nur noch für Ihre Kochkünste, Madame!« rief er hinterher aus.

»Das hast Du zu meinem Essen noch nie gesagt! Leroy, Du bist ein Aufschneider!«, hatte Hannah daraufhin gefeixt.

Doch die Hausherrin hatte sich bescheiden gegeben.

»Vielen Dank. Aber Sie übertreiben, Leroy. Es ist nur einfache Hausmannskost.«

Molly und Hannah waren mittlerweile vertrauter und die Frau des Plantagenbesitzers hatte ihre volle Unterstützung bei Mollys künftigen Geschäftsvorhaben zugesagt. An diesem Abend war sie voller Zuversicht.

»Oh, Hannah, das ist wunderbar. Ich werde den Damen der hiesigen Gesellschaft meine französischen Nachttöpfe verkaufen, und sie werden gar nicht mehr wissen, wie sie ohne dieses feine Nachtgeschirr vorher hatten leben können!« hatte sich Molly begeistert. Hannah wollte für die nötigen Kontakte sorgen und Molly sollte dann an Abenden wie diesen nach einem guten Dinner ihre Ware anpreisen. Natürlich sehr dezent und unaufdringlich. Molly hatte sich bereits viele gute Verkaufsargumente ausgedacht und wußte als Frau natürlich genau, dass es gerade im Winter nichts Schlimmeres gab, als nachts wegen eines natürlichen Bedürfnisses hinaus in die Kälte zu müssen. Diese formschönen Gefäße, die an eine flache Kanne erinnerten, waren an weibliche Bedürfnisse angepasst und nicht nur einfache, plumpe Eimer oder Tontöpfe. Nein, Form und Funktion gingen hier eine Symbiose ein. Diese Worte hatte sie von Ben gelernt. Sie musste ihn unbedingt noch fragen, was es eigentlich bedeutete. Aber es klang hervorragend wissenschaftlich.

Hannah war ebenso angetan und ließ sich vom Schwung der jungen Frau anstecken. Als die Herren sich nach unten begeben hatten, um nocheinmal geschäftliches zu besprechen und eine Tabakspfeife zu rauchen, fragte Mrs. Payton erneut nach Mollys Geschäftsidee.

»Molly, wie würden Sie es beschreiben, wenn Sie einen solchen Pot de chambre benutzen? Ich kenne diese Keramik ja nur aus Ihren Erzählungen«, hatte sie gefragt.

»Meine liebe Hannah! Es ist keine Keramik, es ist feinstes Porzellan. Die Rezeptur stammt aus den Manufakturen der sächsischen Kurfürsten.«

»Ach? Ich dachte die Nachttöpfe kommen aus Frankreich?«

»Natürlich. Diese sogar aus Paris. Aber Sie wollten wissen, wie angenehm die Benutzung ist. Ich sage Ihnen, ohne in dieses Ding pissen zu können, hätte ich diese furchtbare Seereise hierher nie überstanden!«

»Wie? Molly, so dürfen Sie aber nicht mit den feinen Damen in Williamsburg reden!«

»Ach? Nun gut, ich weiß von Captain Cooper, dass die feinen Damen ihre Bourdalous sogar mit in die Kirche nehmen, um sich dort unter ihren Unterröcken erleichtern zu können. Gerade im fortgeschrittenen Alter haben viele Frauen Probleme beim pink..., mit der Blase. Genau diese Damen werden meine ersten Kundinnen sein. Und ich habe auch schon nachgedacht, wie ich noch mehr dieser Gefäße herbeischaffen könnte. Dazu bräuchte ich hier eine Manufaktur, die sie genau nachmacht.«

»Eine Porzellanmanufaktur hier in Virginia? Meine Liebe, Sie haben wirklich hochfliegende Pläne. Aber genau solche Menschen brauchen wir hier. Es soll hier keine Begrenzungen für das Wirtschaften mehr geben. Und keine Begrenzung der Gedanken!«

Molly hatte ihrem Mann am Tag nach dem Besuch sofort von der Unterhaltung mit Hannah erzählt. Nun schien es endlich wieder eine Perspektive zu geben. Nicht nur Benjamin würde eine Anstellung haben, nein, auch sie würde als selbstständige Geschäftsfrau beginnen, eigenes Geld zu verdienen. Natürlich nicht offiziell, das wäre auch hier für eine Frau unmöglich. Doch wenn Ben die Bücher führte, konnte sie die Fäden spinnen und ihre Ware direkt bei den Damen der Gesellschaft anpreisen. Molly dachte auch an die Zeit danach. Wenn alle Nachttöpfe verkauft waren, würde sie längst mit dem verdienten Geld eine eigene Manufaktur aufgebaut haben. Eine selbstständige Arbeit war ihr großer Traum. Schließlich war sie als Fischverkäuferin in Dublin auch alleine unterwegs gewesen und traute sich zu, alles verkaufen zu können.

»So wie es aussieht, müsste man die beiden Kisten mit dem Porzellan in Hampton abholen. Das ist aber sehr schwierig, die Wege sind im Moment kaum passierbar. Ich werde wohl bis zum Frühjahr warten müssen, um an die Ware zu kommen.«

»Das ist richtig, Molly. Das Porzellan ist sehr fragil, zu starke Erschütterungen während des Transportes müssen vermieden werden. Die Schifffahrtswege sind gesperrt, und solange Schnee liegt, ist an eine Fahrt mit dem Wagen von Hampton hierher kaum denkbar«, meinte Benjamin und kratzte sich nachdenklich am Kinn.

»Es sei denn...«, murmelte er weiter.

»Was meinst Du, Ben? Was hast Du im Kopf?«

»Leroy erzählte doch von den Kanonen, die man jetzt im Winter trotz Eis und Schnee bis nach Boston transportiert. Mit Schlitten, vermutlich von starken Pferden oder Ochsen gezogen. Das wäre doch auch eine sehr schonende Transportweise für zerbrechliches Steingut und Porzellan.«

»Ja, natürlich. Ein Schlitten gleitet sanft über den Schnee, viel angenehmer als eine Kutsche über einen Weg oder eine Strasse. Du bist ein Genie, Benjamin Jenkins!«

»Na ja. Genial ist das nicht. Es liegt nur auf der Hand. Jetzt müsste man nur herausfinden, wer in Hampton für solch eine Unternehmung angeheuert werden könnte.«

Da klopfte es an der Türe. Es war Washington.

»Verzeihung die Störung, Misses. Sir? Master Leroy lässt nach Ihnen rufen. Sie sollen zu ihm kommen.«

»Ja, danke, Mr. Washington. Sagen Sie ihm, ich komme sofort. Ach, Mr. Washington, weil Sie gerade da sind: Kennen Sie einen zuverlässigen Mann in Hampton, der uns ein Paar Kisten mit einem Schlitten hierher bringen kann?«

»Was? Ich kenne niemanden nich' der einen so großen Schlitten hat. Aber der Wagner in Hampton könnte unseren Wagen umbauen. Räder weg, Kufen dran.«

»Mr. Washington! Das ist genial! Sagen Sie, wie heißt der Mann?«

»Mr. Pellard. Ich kenne ihn gut, Sir. Er hat schon einmal geholfen, als ich einen Radbruch hatte. Aber er will immer erst Geld.«

»Kein Problem. Ich kann ihn bezahlen. Kann man einen Boten zu ihm schicken? Ich denke, dass man zu Pferde noch ganz gut bis Hampton gelangen kann.«

»Master Fournier schickt morgen einen Mann los. Er soll Post bringen. Wenn Sie mir Brief geben, kann ich den an den Boten weitergeben, Sir.«

»Vielen Dank, Mr. Washington. Sie sind wirklich hervorragend!«

Der Schwarze grinste und verneigte sich. Molly war jedes mal überrascht, wie makellos die Zähne diese Mannes waren. Obwohl er bestimmt schon die Vierzig längst überschritten haben musste.

Benjamin wollte gleich zu schreiben beginnen, besann sich dann aber darauf, dass Leroy ihn sofort sehen wollte. Hastig schlüpfte er in den warmen Mantel und zog seine Stiefel an. Sie waren mit Filz gefüttert und sehr warm, hatten aber den Nachteil, dass sie fürchterlich rochen.

»Zieh' die stinkenden Dinger bitte draussen im Treppenhaus aus wenn du zurück kommst, Benjamin Jenkins! Sonst stinkt heute Nacht die ganze Wohnung wie ein nasser Hund!«

Ben nickte nur und machte sich auf den Weg. Draussen wehte ihm ein starker Schneesturm ins Gesicht. Obwohl es nur wenige hundert Yards waren, kam Ben in seiner warmen Kleidung schnell ins schwitzen. Mit nassem Gesicht und rot glühenden Ohren kam er am Herrenhaus an. Moses öffnete ihm die Türe.

»Mr. Jenkins, guten Abend. Kommen Sie, Master Payton erwartet Sie im Salon.«

»Vielen Dank, Moses«, sagte Ben und gab ihm seinen feuchten Mantel.

Payton saß im Salon und trank einen Brandy.

»Ah, da sind Sie ja, Benjamin! Kommen Sie zu mir, setzen Sie sich! Möchten Sie einen Brandy? Scheußliches Wetter da draussen.«

»Ja, Leroy, das kann man sagen. Danke, für mich bitte keinen Brandy. Was kann ich für Sie tun?«

»Setzen Sie sich erst einmal. Wissen Sie, die Damen haben sich heute schon zurückgezogen, bei so einem Wetter neigen beide zu Kopfschmerzen. Wir sind also unter uns. Moses! Bring' uns eine neue Flasche und dann sorg' dafür, dass uns niemand stört!«

Benjamin wußte nicht so recht, was er von dieser

Zusammenkunft halten sollte. Alles geschäftliche war heute bereits geklärt, und auch sonst gab es keinerlei Neuigkeiten. Als Moses die Spirituose abgestellt und sich entfernt hatte, sah Leroy Ben lange an.

»Wir sind heute ganz unter uns, Benjamin. Ich möchte offen sprechen. Sie haben doch nichts dagegen? Auch bitte ich Sie, sich ganz offen und frei zu fühlen.«

Ben sah ihn verwirrt an. Nun, dachte er sich, dann könnte er ja wegen des Wagens und dem Plan, die beiden Kisten aus Hampton zu holen, fragen. Doch Ben spürte, dass es Leroy um etwas gänzlich anderes ging. Ben fühlte sich urplötzlich nicht mehr so wohl in seiner Haut. Leroy war aufgestanden und stellte sich hinter Bens Sessel. Er legte die Hände auf seine Schultern und massierte sie.

»Ben, ich muss Ihnen etwas sehr wichtiges sagen. Meine Frau und ich..., wir..., wie soll ich es sagen..., sind schon längere Zeit nicht mehr wie Mann und Frau.«

»Ich verstehe nicht...«

»Verstehen Sie mich nicht falsch. Ich liebe Hannah über alles. Wir teilen alles. Wir haben keine Geheimnisse voreinander. Sie weiß selbstverständlich auch, dass wir beide hier unten alleine sind.«

»Das ist doch sehr gut, Leroy...«, stammelte Benjamin, der immer weniger wußte, worauf Payton hinauswollte. Ben wurde es heiß und kalt. Doch Payton hörte nicht auf. Er war mit seiner Hand mittlerweile an den obersten Knöpfen von Bens Hemd angekommen und begann, sie zu öffnen. Dann schob er die Hand unter Bens Hemd und betastete dessen flache Brust. Ben war wie gelähmt. Das durfte doch nicht sein!

»Leroy, bitte. . . , ich glaube, Sie täuschen sich in mir. Ich bin nicht...«

Doch der Plantagenbesitzer hielt sanft Bens Kopf fest und beugte sich von der Seite zu ihm. Er hatte den Mund leicht geöffnet und kam Bens Lippen immer näher.

Da donnerte es plötzlich an die Türe. Leroy zog erschrocken seine Hand zurück und lief zum Eingang.

»Was ist denn nun schon wieder los?«, rief er, doch im gleichen Moment hörte man die Feuerglocke und lautes Gebrüll vor dem Haus.

»Es brennt! Sir, Feuer im Lagerhaus! Kommen Sie schnell!«, rief Moses von draussen. Er hatte nicht gewagt, die Türe zu öffnen.

»Verdammt! Los, Benjamin! Beeilen Sie sich. Ihre Wohnung ist im ersten Stock!«

Ben sprang auf und hechtete zur Tür. Schnell zogen die beiden Männer ihre Mäntel über und rannten nach draussen. Noch konnte man nur wenig erkennen, denn es schneite und stürmte weiterhin so stark, dass man nur wenige Schritte weit sehen konnte. Neben ihnen liefen mehrere Bedienstete und Sklaven mit Laternen her, bis sie schließlich das Lagerhaus erreicht hatten. Noch war von einem Feuer nichts zu sehen, Ben war erleichtert, dass es anscheinend nicht unter oder in ihrer Wohnung brannte. Sie gingen auf die Rückseite und nahmen nun einen Feuerschein wahr, der aber nur aus zwei Fenstern ganz am Ende des Gebäudes zu kommen schien. Dort hatten Männer bereits die Scheiben eingeschlagen und schütteten Wasser hinein. Dank der vielen Helfer konnte das Feuer schnell gelöscht werden. Eine Laterne war herabgefallen und hatte einen kleinen Brand ausgelöst, der aber seltsamerweise nicht schnell um sich gegriffen hatte. Nachdem die Situation im Griff war, gab es für Ben kein Halten mehr. Er rannte zu Molly, die noch in der Wohnung war. Nicht einmal Rauch war bis hierher gezogen.

»Gott sei Dank, Liebling! Du bist unverletzt!«, rief er als er in der Wohnung stand und seine Frau umarmte, »Ich hatte schon das Schlimmste befürchtet!«

Molly hatte schon geschlafen und überhaupt nichts von dem Feuer mitbekommen. Sie war überrascht und reagierte zunächst etwas ungehalten.

»Was ist denn los? Warum ist hier so ein Lärm? Und

warum hast Du diese verdammten stinkenden Stiefel nicht vor der Türe ausgezogen, Benjamin Jenkins?«

Der Brief

»Sehr geehrter Mr. Pellard.

Mein Name ist Benjamin Jenkins. Ich wende mich mit diesem Brief an Sie, denn Sie wurden mir empfohlen. Ich benötige Ihre Hilfe, um schwere Waren von Hampton hierher nach Jamestown zu bringen. Da diese Waren einen geschützten Transport benötigen, müsste ein schwerer Wagen vorübergehend mit Schlittenkufen ausgestattet werden. Ursprünglich sollte diese Ware nach Boston gebracht werden, dies ist auf den Kisten vermerkt. Nun hat es wegen bekannter Gründe eine Änderung gegeben und wir benötigen die Ware hier. Um keine Zeit zu verlieren, werde ich mit dem Kutscher auf ihre Arbeit warten. Bitte geben Sie mir umgehend eine Rückmeldung, ob sie eine Möglichkeit sehen dies zu bewerkstelligen. Ich zahle sofort nach Beendigung Ihrer Arbeit.

Mit den besten Grüßen,

Benjamin Jenkins«

Ben las sich die Zeilen noch einmal durch und versiegelte dann den Brief. Der Bote würde in aller Frühe aufbrechen, wenn es das Wetter zuließ. Eigentlich hatte Ben Leroy zuerst fragen wollen, ob er denn überhaupt die Kutsche leihen durfte, aber heute Abend wollte er nicht noch einmal zu ihm. Dennoch konnte sich Ben nicht vorstellen, dass Leroy ihm die Kutsche verweigern würde. Der Bote würde vor seiner Abreise nochmal zu Ben kommen, das war so über Washington arrangiert. Ben löschte die Kerze und legte sich zu Molly ins Bett. Obwohl er sehr müde war, konnte er nicht einschlafen. Seine Gedanken kreisten um die Ereignisse des Abends. Dieses Feuer war sehr seltsam gewesen. Eigentlich sah es ganz klar nach Brandstiftung aus. Doch es war so feucht in dieser Kammer gewesen, dass das Feuer sich nicht schnell hatte ausbreiten können. Es sollte rechtzeitig entdeckt werden. Ein Ablenkungsmanöver. Aber wovon? Immerhin, es war für Ben genau zur rechten Zeit gekommen. Er war nicht undankbar, dass dadurch Leroys Annäherungsversuche unterbrochen worden waren. Aber wer konnte dahinter stecken? Ein eifersüchtiger Liebhaber Leroys? Vielleicht dieser Fournier? Dieser hatte keine Frau, verhielt sich Frauen gegenüber höflich aber reserviert, wenn nicht sogar abweisend. Ben fühlte sich sehr unwohl bei dem Gedanken, dass er am nächsten Tag Leroy wieder unter die Augen treten musste. Was, wenn er weitermachte? Sollte er sich abgewiesen fühlen, konnte das Ben die Stellung kosten. Doch, was sollte Ben tun? Er war doch kein Lustknabe, über den Payton verfügen konnte. Schließlich dachte Ben wieder an das, was ihm sein ehemaliger Vorgesetzter und Mentor, der Sheriff von Killarney, beigebracht hatte:

»Wenn Dich nachts Sorgen quälen, leg sie schlafen und leg Dich daneben. Du kannst in der Nacht nicht lösen, wofür der nächste Tag einen ausgeschlafenen Kopf benötigt!«

Meistens funktionierte das ganz gut. Doch heute anscheinend nicht. Immer noch spürte Ben Leroys Hand auf seiner Brust. Ein sehr seltsames Gefühl beschlich ihn dabei. Warum hatte er es überhaupt zugelassen? Konnte es sein, dass er selbst...? Nein, unmöglich! Das durfte nicht sein! Er liebte Molly. Und nur Molly. Sie war seine Frau, er ihr Mann. So wie es Gott wollte. Mann und Frau!

»Ben! Was ist los mit Dir? Du bist so unruhig. Hat Dich das Feuer so aufgeregt? Komm zu mir, Liebling, komm in meine Arme! Dann kannst Du bestimmt besser schlafen«, sagte Molly liebevoll, als sie merkte, dass ihr Ehemann nicht schlief. Tatsächlich konnte Mollys

Berührung Ben etwas beruhigen. In ihren Armen fand er schließlich Schlaf.

Sehr früh am Morgen kam der Bote und klopfte an die Türe. Das Wetter hatte sich beruhigt und die dunklen Wolken waren verschwunden. Die Morgendämmerung versprach baldigen Sonnenschein, allerdings bei eisigen Temperaturen. Benjamin übergab dem Mann den Brief und dazu noch ein paar Münzen.

»Bitte lassen Sie sich eine Antwort von dem Mann geben. Ich benötige dringend seine Rückmeldung!«

»Wird gemacht, Sir. Wenn das Wetter hält, bin ich spätestens in drei Tagen zurück!«, sagte der Bote und tippte zum Abschied mit zwei Fingern den Dreispitz.

Benjamin nickte und bedankte sich. Er sah dem Mann nach und war froh, nicht selbst nach Hampton reiten zu müssen.

Jetzt musste Ben unbedingt mit Leroy sprechen. In drei Tagen würde er die Kutsche benötigen. Hoffentlich war Leroy nicht beleidigt wegen des vorigen Abends. Wobei, immerhin war er unterbrochen worden, bevor Ben ihn abweisen konnte. Dennoch musste er die Sache klarstellen und Leroy bitten, künftige Avancen zu unterlassen. Benjamin fühlte sich extrem unwohl beim Gedanken daran. Die große Schwierigkeit dabei war, dass er Leroy eigentlich mochte. Sollte er Molly davon erzählen? Nein, unmöglich! Sie wäre aus allen Wolken gefallen. Ben haderte mit diesem Dilemma. Nie wieder hatte er sie belügen oder ihr die Wahrheit vorenthalten wollen. Wie schwer dieses Versprechen nun einzuhalten war.

»Was hast Du, Liebling?«, fragte Molly, die ihn die ganze Zeit beobachtete und genau spürte, dass ihren Ehemann etwas beschäftigte.

»Ist es wegen des Brandes gestern Abend?«

»Ja. Die Umstämde sind doch mehr als seltsam!«

»Du meinst, jemand hätte absichtlich dieses Feuer gelegt? Aber wozu?«

»Als Warnung? Oder um von etwas anderem abzulenken? Und warum hier hinter dem Haus? Ich habe keine Ahnung!«

Wieder eine Lüge, dachte Ben. Er hatte sehr wohl eine Ahnung. Vielleicht wollte jemand genau das erreichen, was geschehen ist.«

»Eine Warnung an Payton? Oder an uns?«, fragte Molly weiter.

»Ich weiß es nicht, Molly. Ich wüßte nicht, wovor jemand uns warnen sollte«, gab Ben schulterzuckend zurück.

Ja, das war es. Jemand hatte das Feuer gelegt, um ihm, Benjamin, aus der Situation gestern Abend zu helfen. Und eigentlich kam nur einer in Frage. Wenn es herauskam, war diese Person verloren. Denn für Brandstiftung gab es nur eine Strafe: Den Tod! Schweren Herzens beschloss Ben insgeheim, Molly nichts von seiner Vermutung zu erzählen. Wieder hatte er ein Geheimnis vor ihr.

Mr. Pellard

Zwei Briefe lagen auf dem Schreibtisch des Befehlshabers der in Hampton stationierten Truppen der Continental Army, Colonel Thomas Butcher. Butcher war müde und durchgefroren nach einem langen Tag draussen an den Befestigungswerken. Um den Hafen zu sichern, waren Schanzen und Faschinen angelegt, Geschütze in Position gebracht und Soldaten und Freiwillige zum Wachdienst eingeteilt worden. Zwei Schiffe hatte man in der Einfahrt des Hafens zusätzlich als Barrieren versenkt. Viel Arbeit und ein hoher logistischer Aufwand. Doch Thomas Butcher war Soldat durch und durch. Er war in seinem Leben hunderte, ach was, tausende von Meilen durch dieses Land marschiert. Nun, mit Mitte Fünfzig hatte er sich ganz er Sache der Patrioten verschrieben. Aber eines hasste er: Schreibtischarbeit. Dazu kam diese Sache mit den Spionen. Von überall gab es Hinweise auf Spitzel und Verräter. Argwöhnische Nachbarn denunzierten sich gegenseitig. Kaum ein Hinweis war bisher zu einer haltbaren Anklage geworden, weil stichhaltige Beweise fehlten. Richtige Spione der Engländer, so Butchers Überzeugung, waren nicht so leicht zu überführen. Das gleiche hoffte er natürlich für die eigenen Agenten.

Butcher besah sich die Briefe. Einer davon war aus Jamestown abgefangen worden, von einem gewissen Jenkins.

Jenkins? Dieser Name war ihm bekannt. Lieutenant Meyers hatte ihn erwähnt. Der andere war von jemanden hier aus Hampton. William Pellard. Der Schmied? Auch ihn kannte Butcher. Jenkins und Pellard. Was hatten die beiden miteinander zu tun? Neugierig geworden öffnete Butcher zunächst den Brief Pellards. Darin stand eine Bestellung über Roheisen und Material an einen Händler hier in Hampton, lieferbar im Frühling. Scheinbar ganz normal für einen Schmied. Aber die Zahlen in der Liste ließen Butcher aufmerksam werden:

375 Pfund Roheisen in Barren,

1500 Nieten,

8 Hämmer in verschieden Größen

wurden unter anderem darin geordert.

Das war die Besatzungsstärke in Hampton: 375 Mann. Dazu kamen 1500 Freiwillige, die im Frühjahr aus North Carolina erwartet wurden. Auf den Hafen waren zur Verteidigung 8 leichtere und schwerere Geschütze gerichtet! Butcher las weiter. Auch Hinweise auf das Pulvermagazin (Steinkohle) und die Verteidigungsanlagen in Form einer Wegbeschreibung waren enthalten. Das konnte kein Zufall sein! William Pellard war ganz klar ein Spion. Auch diesen Händler, bei dem Pellard bestellen wollte, hatte man trotz intensiver Suche nicht ausfindig machen können. Ein breites Grinsen erschien auf Butchers Gesicht. Diesen Schmied musste er sofort dingfest machen.

Nun zu diesem Jenkins. Was war das doch gleich gewesen? Ein Ehepaar, dass man auf der Pflanzung der Familie Payton nahe Jamestown untergebracht hatte. Anglo-irisch. Eigentlich vermögend, sollten irgendwelche Geschäfte übernehmen. Und dazu in einen Krieg fahren? Eine Tarnung? Oder einfach nur unendlich naiv? Butcher runzelte die Stirn. Der Colonel riss den Brief auf. Ihm war es sehr egal, ob man sah, dass die Briefe gelesen worden waren. Eine Anfrage wegen eines Transports mit Schlitten. Ausgerechnet an Pellard, den Spion. Bestimmt eine verschlüsselte Botschaft. Butcher laß den Brief mehrmals durch. Ihm fielen die Worte schwere, geschützte, Boston und Schlitten sofort auf. Das konnte ein Hinweis auf den Transport von Ticonderoga nach Boston sein. Der war zwar bereits abgeschlossen, aber trotzdem bisher geheim gehalten worden. Also eine wichtige Information für die Loyalisten. Diese Indizien genügten Butcher, um Jenkins verhaften zu lassen. Jedoch, es blieb diese Familie Payton. Seines Wissens waren sie sehr einflussreich. Mit General George Washington persönlich bekannt. Diese Familie gehörte zur Elite. Ihnen wollte Butcher nicht in die Quere kommen. Erst wenn alles bewiesen war, würden diese Leute klein bei geben, um nicht selbst Schaden zu nehmen. Sie durften vorerst nicht involviert werden.

»Ordonanz!«, rief er laut. Sofort kam der wachhabende Soldat, der vor seiner Türe gestanden hatte, herein.

»Sir!«

»Holen Sie mir Lieutenant Worthington her, egal, was er gerade macht! Sie haben fünf Minuten!«

»Jawohl, Sir!«

Pellard und Jenkins. Zwei Spione auf einmal! General Washington würde sich sehr freuen. Vielleicht bedeutete dieser Fang auch eine Beförderung für Butcher zur kämpfenden Truppe. Hier die Verteidigung zu organisieren war zwar wichtig, aber bestimmt nicht so ehrenvoll, wie den Engländern direkt in der Schlacht entgegenzutreten. Butcher begann das alte Spottlied zu pfeifen, dass seine ehemaligen britischen Offiziere immer zu singen pflegten, mit selbst gedichteten Texten über die in ihren Augen undisziplinierten Milizionäre, zu denen Butcher damals gehört hatte. Den Yankee Doodle.

Nur eine Viertelstunde später war ein Verhaftungstrupp unterwegs zu Pellards Haus, um ihn und seine Familie festzusetzen. Noch in dieser Nacht wollte Butcher den Mann verhören. Und bei Gott! Der Mann würde reden! Den Boten, der den Brief aus Jamestown gebracht hatte, hatte man bereits inhaftiert. Er schwor, nichts mit diesem Jenkins zu tun zu haben, nur, dass er ihm eine Rückmeldung von Pellard bringen sollte. Thomas Butcher dachte nach. Eine Antwort. Ja, man könnte diesen Jenkins einfach hierher locken. Ganz simpel. Nur, wie verfasste man einen Brief an einen Spion so, dass er darauf hereinfiel? Butcher nahm Papier, Feder und Tinte zur Hand.

»Lieber Mr. Jenkins«, oder doch lieber: »Sehr geehrter Mr. Jenkins?«

Butcher dachte lange nach. Schließlich schrieb er:

»Mr. Jenkins.

Danke für Ihren Brief. Ich bin gerne bereit, Ihnen behilflich zu sein. Kommen Sie, sobald das Wetter es erlaubt mit Ihrer Kutsche nach Hampton. Ich erwarte Sie. Zu Ihren Diensten,

William Pellard, Schmied«

Ja, genau so. Butcher grinste siegessicher. Er faltete den Brief zusammen und verschnürte ihn. Dann ließ er etwas Wachs auf den Knoten laufen. Beinahe hätte er aus Gewohnheit seinen eigenen Siegelring eingedrückt, besann sich aber eines besseren und nahm einen Uniformknopf von seiner alten roten Uniformjacke. Schließlich war er einst ein Soldat des Königs gewesen. Pellards Brief war mit einem ähnlichen Knopfabdruck versiegelt gewesen. Auch das war jedoch kein Beweis, lediglich ein Indiz. Viele Leute benutzen Knöpfe, um Wachssiegel damit zu zieren. Da klopfte es an der Türe. Der junge Lieutenant war mit einem Gefangenen zurückgekommen.

»Wir haben Pellard, Sir. Er leistete keinen Widerstand. Er ist unten in der Wachstube.«

»Danke, Mr. Worthington. Dann sehen wir uns den Mann einmal an. Lassen Sie mir auch diesen Boten holen!«, befahl Butcher, »Den bringen Sie aber in mein Büro.«

Der Colonel war ein Mann der schnellen und mutigen Entscheidungen. Dabei verließ er sich meistens auf sein Bauchgefühl, das hatte sich stets gut bewährt. Noch in dieser Nacht wollte er den Boten zu Jenkins schicken und ein Geständnis von Pellard haben. Sofort zum Angriff und mit allem was man hat, drauf. Dem Mutigen gehört der Tag. Das war seine Devise.

Nur wenig später stand er im Gefängnis dem Schmied gegenüber. Mit äusserster Schärfe und ernsten Worten trug er dem Gefangenen die Anklage vor:

»Mr. Pellard. Mein Name ist Colonel Butcher. Sie wissen, warum Sie hier sind? Nein? Sie sind der Spionage für die Loyalisten angeklagt und die Beweise sind erdrückend. Gestehen Sie und ich sichere Ihnen freies Geleit für Ihre Familie zu. Andernfalls gehen alle ins Gefängnis. Ich rate ihnen also zu kooperieren, damit Sie wenigstens Ihre Frau und unschuldigen Kinder retten. Und mein Angebot gilt nur jetzt!«

Pellard war überrumpelt.

»Welche Beweise, Sir? Es muss sich um eine Verwechslung handeln!«

»Gut. Mr. Worthington, holen Sie die Familie Pellard aus dem Hausarrest in das Gefängnis. Der Mann hier muss erst gefoltert werden, damit er vernünftig wird! Oder sollen wir mit der Frau anfangen?«

Butcher hatte sich abgewandt und ging langsam zur Tür.

»Sir, bitte! Warten Sie. Lassen Sie sie in Frieden. Meine Familie weiß nichts von meinen Aktivitäten! Ich sage Ihnen alles!« rief ihm Pellard hinterher.

Butcher grinste kurz, bevor er sich umdrehte.

»Was alles? Ich dachte, Sie wüßten nichts? Dann reden Sie, Pellard!«, sagte er zu dem Gefangenen.

Dieser biss sich auf die Lippen. Aber für König Georg seine Familie zu opfern, war nie seine Absicht gewesen.

»Ich habe an einen Mittelsmann die Besatzungstärke, Befestigung und Bewaffnung Hamptons gesendet.«

»Das weiß ich schon. Wer ist der Verbindungsmann?«

»Ich kenne nur seinen Decknamen«

»Aha. Und der lautet?

»Der Ire«

»Der Ire? Was ist denn das für ein Deckname? Wo steckt dieser Ire? Wo finden wir ihn? Reden Sie!«

»Ich habe nur eine Adresse bekommen. Dorthin sollte ich einen Brief mit einer Bestellung schicken.«

»Hm. Was ist mit diesem Mann aus Jamestown?«

»Jamestown? Ich kenne dort niemanden!«

»Ein gewisser Jenkins hat versucht, Sie zu kontaktieren! Ebenfalls mit einem verschlüsselten Brief!«

»Ich habe nie von dem Mann gehört. Ich habe auch keinen Brief erhalten, Sir!«

»Natürlich nicht. Wir haben diesen Brief abgefangen. Er liegt mir vor. Und nun nennen Sie mir weitere Loyalisten hier in Hampton!«

»Sir, bei allem Respekt! Ich kenne hier keinen einzigen ausser meiner Person, der aufrichtig und mutig genug ist, für seinen König zu kämpfen. Es mag einige geben, die lieber die alte Ordnung wieder hergestellt sehen würden. Aber alle sind sie Feiglinge und werden sich mit jedem Sieger arrangieren!«

»Mutig gesprochen, Mann! Doch dieser Mut rettet Sie nicht vor dem Galgen.«

»Ich gehe für meinen König gerne in den Tod. Wofür kämpfen Sie, Sir? Für Washington? Sie werden sehen, am Ende macht er sich selbst zum König und alles bleibt so, wie es ist!«

»Ach, was? Ich kämpfe für die Freiheit! Nicht für einen Despoten, der Tausende von Meilen weit weg in seinem Palast sitzt und sich die Stiefel lecken lässt. Ihre Loyalität in Ehren, Mister. Aber was Sie da reden, ist naiv und dumm! Früher oder später wird dieses Land über sich selbst bestimmen, Pellard. Und wenn wir hundert Jahre dafür kämpfen müssen!«

Pellard sah trotzig weg. Er hielt Butchers Blick nicht stand.

»Ich brauche Namen, Pellard! Jetzt!«, herrschte Butcher ihn laut an, packte brutal Pellards Kinn und drehte den Kopf des Mannes in seine Richtung.

»Ich habe genug geredet. Foltern Sie mich, töten Sie mich! Knechten Sie meine Familie. Wenn Sie Ihr Gewissen mit unschuldigen Opfern belasten wollen, bitte! Nehmen Sie doch diesen Jenkins. Ist mir egal...«, gab Pellard von sich.

»Sir?«, meldete sich Worthington hinter dem Colonel.

Butcher ließ den Schmied los.

»Der Bote ist nun in Ihrem Büro. Zwei Mann bewachen ihn«, sagte der junge Offizier.

»Gut. Bringen Sie den hier in eine Zelle. Mit dem hier rede ich morgen weiter!«

Butcher ging nach oben. In seinem Büro stand in Ketten ein Mann, der einen Ledermantel und Reitstiefel trug.

»Sie haben diesen Brief hier hergebracht?«, fragte ihn Butcher unverdrossen.

»Ja, Sir. Aber ich schwöre, dass ich den Inhalt nicht kenne! Ich habe die Post für Familie Payton befördert und deren Angestellter, ein Mr. Jenkins hat mir diesen Brief gestern morgen dazugegeben. Ich sollte ihn an Mr. Pellard überstellen und bei ihm auf eine Antwort warten, Sir!«

»Hm, gut, gut. Ordonanz! Nehmen Sie dem Mann die Ketten ab! Ich denke, dass es hier eine Verwechslung gegeben hat. Ich habe hier die Antwort von Mr. Pellard für Mr. Jenkins. Aber es gibt ein Problem!«

»Oh, ich verstehe schon, Colonel, Sir! Ich gebe den Brief einfach ab und sage nicht, dass ich ihn von Ihnen habe.«

»Eine kluge Entscheidung. Ich möchte nämlich Mr. Jenkins kennenlernen und er soll keine Vorbehalte haben, hierher zu kommen. Sollte das nicht klappen, könnte man Sie zum Tode verurteilen! Das wollen wir doch auf jeden Fall vermeiden, oder?«, meinte Butcher süffisant.

Der Bote nickte ängstlich.

»Sir, natürlich, Sir! Sie können sich auf mich verlassen!«

»Natürlich. Dennoch wird Lieutenant Worthington Sie begleiten.«

»Das ist doch nicht nötig, Sir. Ich schwöre Ihnen...«

»Selbstverständlich schwören Sie. Und ich vertraue, wem ich will! Und jetzt raus!«

Der junge Lieutenant betrat den Raum.

»Worthington! Gut dass Sie da sind! Sie ziehen Zivilkleidung an und begleiten diesen Boten. Ich will, dass dieser Jenkins hierherkommt. Notfalls wenden Sie Gewalt an, falls er den Braten riecht!«

»Den Braten, Sir?«

»Ah! Sie wissen schon, falls er Verdacht schöpft! Lassen Sie ihn nicht entkommen!«

»Zu Befehl, Sir!«

»Ach, ja. Da ist auch noch seine Ehefrau. Misses Jenkins. Versuchen Sie, sie ebenfalls hierher zu bringen.«

»Aber Sir? Sind Sie sicher? Seine Frau?«

»Was? Denken Sie, eine Frau könnte nicht auch eine Spionin sein? Wie naiv sind Sie, Worthington? Ich hoffe, unsere patriotischen Ehefrauen kämpfen genau so wie wir für die Freiheit, oder? An anderen Fronten natürlich.«

»Äh, natürlich, Sir!« gab der junge Offizier stockend zurück.

»Sie sind noch ledig, Lieutenant?«

»Ja, Sir!«

»Dann will ich Ihnen Ihre jugendliche Naivität im Bezug auf Frauen nachsehen!«

»Sir, ich...«

»Genug! Diese Familie, Payton. Kann man denen trauen? Sie haben diese beiden Iren aufgenommen und den Mann sogar eingestellt. Ich will, dass Sie sie nicht kontaktieren! Ich will die Paytons auf jeden Fall heraushalten, haben Sie verstanden?«

Der Gast

Benjamin saß an seinem Schreibtisch und bearbeitete lange Listen von Materialien, die auf der Plantage gebraucht wurden. Er stellte dazu eine Inventurliste, die länger und länger wurde. Vorher hatte er mit Fournier und Payton eine Bedarfsliste für den Frühling erstellt. Nun versuchte er abzugleichen und ein System zu entwickeln, wie man möglichst schnell überblicken konnte, was dringend eingekauft, und was selbst hergestellt werden konnte. Es war schon spät am Nachmittag und Ben musste eine Kerze anzünden, um weiter arbeiten zu können. Dabei sinnierte er darüber, wie er die Sklaven in diese Inventur aufnehmen sollte, denn das widerstrebte ihm gewaltig. Schließlich nahm er die Feder wieder in die Hand und wollte gerade anfangen, diesbezüglich eine weitere Liste, eine Personalliste, zu verfassen, als ein junger Mann in einem Reisemantel mit Satteltaschen über der Schulter in Begleitung des Boten die Räumlichkeiten des Verwalters betraten. Benjamin begrüßte die Neuankömmlinge.

»Guten Tag, meine Herren. Ah, der Bote. Michael, richtig? Ich habe Sie schon erwartet. Und wen haben Sie mir denn da mitgebracht? Ist das Mr. Pellard persönlich?«, fragte Benjamin freundlich.

Der Bote nickte nur, doch bevor er etwas sagen konnte, antwortete der andere.

»Nein, Sir! Mein Name ist Charles Worthington. Mr. Jenkins, nehme ich an? Ich habe Michael ein Stück begleitet und wollte Sie fragen, ob ich mich etwas aufwärmen dürfte.«

»Selbstverständlich, Mr. Worthington. Kommen Sie, hier am Ofen können Sie Platz nehmen. Möchten Sie etwas trinken?«, fragte Ben gastfreundlich, »Sie natürlich auch, Michael. Ich habe hier noch etwas Tee.«

Worthington öffnete den Mantel und setzte sich. Ihm war tatsächlich sehr kalt gewesen, aber schon nach kurzer Zeit in der warmen Stube meinte er, er würde vor Hitze platzen.

»Was treibt Sie in diese Gegend, Mr. Worthington?«, fragte Benjamin, während er die Post sortierte. Den vermeintlichen Brief von Pellard legte er bei Seite, er wollte erst die Firmenkorrespondenz von Payton durchsehen und dessen private Korrespondenz direkt ans Herrenhaus weiterleiten. Worthington beobachtete ihn neugierig, ohne ein Wort zu sagen.

»Ist alles in Ordnung, Mr. Worthington? Sie sehen mich so seltsam an!«

»Verzeihung, Sir! Es muss wohl daran liegen, dass ich noch nichts gegessen habe, heute.«, sagte der junge Mann etwas zögernd.

»Na, was halten Sie von einem kleinen Imbiss? Ich habe auch Hunger und meine Frau ist die beste Köchin in Virginia!«, sagte Ben einladend.

»Danke, das ist..., sehr freundlich von Ihnen. Aber ich möchte Ihnen keine Umstände bereiten.«

»Ich bitte Sie! Seien Sie unser Gast! So oft kommen hier keine Fremden vorbei, die Neuigkeiten erzählen könnten. Ich hoffe, Sie haben Neuigkeiten für uns? Aber, Mr. Worthington wollen Sie heute noch weiter? Es ist schon spät und wenn Sie die Gegend nicht kennen, könnten Sie sich in der Dunkelheit verlaufen.«

Worthington stutzte. Dieser Jenkins war sehr neugierig. Typisch für einen Spion.

»Äh, zu gütig, Mr. Jenkins, ich nehme Ihr Angebot gerne an, wenn es keine Umstände macht.«

»Nun denn, das freut mich! Ich würde gerne meiner Frau Bescheid geben, damit sie uns etwas vorbereiten kann. Einen Moment.«

Benjamin sprang auf und ging zur Türe. Er sah kurz

zurück auf diesen jungen Mann. Ein seltsamer Kerl. Aber vielleicht nur etwas schüchtern. Ben lächelte kurz und ging dann nach oben.

Worthington war nun mit Michael alleine im Büro und ging sofort an Bens Schreibtisch.

»Sie gehen raus und versorgen die Pferde! Und dann verschwinden Sie! Kein Wort zu niemandem, verstanden? Los, raus!«, befahl der Offizier dem Boten. Michael ging hinaus, froh, dieser unangenehmen Situation entfliehen zu können. Schnell durchsuchte Worthington die Unterlagen. Er zog ein Schriftstück aus seiner Tasche und verglich es mit der Liste auf Bens Schreibtisch. Kein Zweifel! Die gleiche Handschrift wie auf dem Brief an Pellard. Es konnte also niemand anderes diese Nachricht verfasst haben. Charles setzte sich schnell wieder hin, denn er konnte die Schritte des zurückkehrenden Jenkins auf der Treppe hören.

»Nun, Mr. Worthington, meine Frau lässt die herzlichsten Grüße ausrichten und sie würde sich freuen, Sie heute Abend bewirten zu dürfen. Aber wo ist denn Michael?«

»Er wollte die Pferde versorgen und dann noch weiter, Mr. Jenkins. Er lässt sich entschuldigen.«

»Nun, gut. Dann nur wir drei. Ich muss nur noch diese Post sichten und dann können wir zu uns in die

Wohnung. Sie werden sehen sehen, wir haben es sehr gemütlich da oben.«

Der junge Offizier bedankte sich, nach dem etwas gezögert hatte. Er vermutete, unter dem Deckmantel der Gastlichkeit könne nur die Absicht stecken, Informationen zu sammeln. Worthington musste sehr vorsichtig sein, sich nicht zu verraten. Aber er musste auch eine Möglichkeit suchen, die beiden dazu zu bringen, gemeinsam mit ihm nach Hampton zu fahren. Er überlegte fieberhaft, wie er das anstellen konnte. Gegen diesen schlaksigen Kerl Gewalt anzuwenden, schätzte er als einfach ein. Aber seine Frau? Es widerstrebte ihm, auch sie zu nötigen. Er brauchte einen Grund, warum sie mitkommen sollte. Doch bisher fehlte ihm selbst der Vorwand, weshalb er überhaupt hierhergekommen war.

»Ich habe Sie noch gar nicht gefragt, was Sie in unsere Gegend treibt, Mr. Worthington. Sind Sie auf der Durchreise?«, fragte Benjamin, als er die Post gelesen hatte. Nur ein kurzes Lächeln hatte der Besucher auf seinem Gesicht wahrnehmen können, als er Pellards Brief gelesen hatte.

»Jawohl, Sir!«, sagte Worthington, besann sich aber sofort auf einen anderen Ton, als den des Befehlsempfängers, »Ich bin auf dem Weg nach Jamestown, will aber dann weiter, meine Tante besuchen.« Er biss sich auf die Zunge. Meine Tante, was für ein Blödsinn. Wo sollte diese Frau denn leben?

»Ah, ja. Wo wohnt diese Tante denn?«, fragte Ben beiläufig.

»Äh, weiter im Norden. Ich habe sie seit langem nicht gesehen und soll mich um ihre Vermögenswerte kümmern. Sie ist Witwe, wissen Sie?«, fabulierte der junge Gast weiter. Jetzt musste er sehr aufpassen.

»Ja, ja. Die Verwandtschaft. Sicher hatten Sie andere Pläne?«

»Das kann man wohl sagen«, sagte Worthington erleichtert. Nun würde er die Kontrolle wieder gewinnen und seinerseits nach der Familie Jenkins fragen.

»Na, ich bin gespannt, was Sie uns über den Norden erzählen können. Wissen Sie, wir sind erst seit Kurzem hier und kennen nur die nähere Umgebung und die Gegend zwischen Hampton und hier.«

»Nun, Mr. Jenkins, Ich fürchte, ich kenne die Gegend nördlich von Jamestown auch nicht. Ich war noch nie dort. Ich kenne sie nur aus..., den Briefen meiner Tante.«

»Und wie ist es dort?«

»Bewaldet.«

»Aha. Nun, ich bin fertig für heute. Bitte, kommen

Sie mit nach oben, Sie werden sehen, es ist alles bereit.«

Worthington stand etwas zögerlich und unsicher auf. Konnte es eine Falle sein? Er sah kurz auf seinen Mantel, der neben ihm über einen Stuhl hing. Darin war eine Pistole und ein Messer verborgen. Wie dumm, sich nicht das Messer in den Stiefel zu stecken.

Benjamin bemerkte seinen Blick.

»Oh, lassen Sie Ihre Sachen nur ruhig hier trocknen. Der Raum wird durchgehend geheizt. Es gibt hier hinten auch noch eine Kammer, Molly wird Ihnen dort eine Schlafmöglichkeit bereiten.«

»Molly?«

»Mrs. Jenkins. Nun, kommen Sie. Ich habe großen Hunger und Mrs. Jenkins liebt es nicht, warten zu müssen.«, sagte Ben grinsend.

»Einen Moment, Mr. Jenkins, ich komme sofort. Ich möchte nur meine Wertsachen mit nach oben nehmen. Sie werden verstehen, dass...«

»Selbstverständlich. Kommen Sie einfach die Treppe hoch. Ach, eine Bitte. Könnten Sie Ihre Stiefel vor der Wohnungstüre ausziehen? Mrs. Jenkins ist da sehr..., penibel. Es stehen Filzpantoffeln bereit.«

»Wie bitte? Ah, ja, natürlich. Wie Sie wünschen.«

Worthington steckte schnell seine Waffen in die Satteltaschen und nahm sie mit nach oben. Im weiteren Verlauf des Abends konnte alles passieren. Was, wenn die beiden ihn vergiften wollten? Nein, das war unwahrscheinlich. Warum sollten sie das tun? Schließlich wollten die beiden höchstwahrscheinlich nur Informationen von ihm. Er musste trotzdem vorsichtig sein. Er ging die Treppe hoch, zog die Stiefel aus und schlüpfte in die Pantoffeln. Sie waren sehr angenehm zu tragen, nach einem Tag in Eiseskälte in Lederstiefeln. Seine Zehen waren blau und noch taub. Langsam begannen sie zu jucken und das Blut zirkulierte endlich wieder richtig in seinen Füßen.

»Darf ich vorstellen? Mrs. Jenkins, meine Frau und beste Köchin in Virginia!«, sagte Benjamin mit einem verschmitzten Lächeln.

»Molly, das hier ist Mr. Charles Worthington aus Hampton. Er ist auf der Durchreise zu seiner Tante und ich habe ihn eingeladen, hier zu übernachten.«

»Ich, bin entzückt, Madame. Mr. Jenkins hat mir zwar gesagt, dass Sie eine hervorragend Köchin sind, aber er hat mir verschwiegen, dass er auch noch mit der schönsten Frau Virginias verheiratet ist!«, sagte der Gast salbungsvoll.

Molly errötete. Eigentlich war sie sehr ungehalten gewesen, dass ihr Mann sie mit dieser spontanen Einladung überfallen hatte, aber dieser junge Mann schien sehr höflich zu sein und sie bekam solche Komplimente ausser von Ben nur selten zu hören.

»Sehr erfreut, Mr. Worthington. Aber Sie übertreiben! Ich bin nicht einmal passend angezogen, um Besuch zu empfangen. Bitte verzeihen Sie meinen gewöhnlichen Aufzug.«

»Ich bitte Sie, Mrs. Jenkins. Selbst in Arbeitskleidung erkennt man sofort Ihre Schönheit.«

»Äh, nun, ja. Was gibt es denn Feines zu Essen, Liebling? Ich bin am Verhungern!«, mischte sich Ben wieder ein.

»Ich habe hier etwas kalten Braten und Eier, dazu gebratene Potatoes und ein Erbsenpüree. Für mehr war keine Zeit, ich bitte um Entschuldigung, Gentlemen.«

»Das ist doch hervorragend! Ich hatte nicht mit so einem vortrefflichen Abendessen heute gerechnet. Haben Sie vielen Dank!«, sagte der junge Gast und setzte sich auf den ihm angebotenen Stuhl.

»Sie haben es sehr gemütlich hier in dieser Wohnung. Man sieht auch hier die Hand der Hausherrin.«

»Haben Sie vielen Dank. Aber nun, greifen Sie zu!«

Während des Essens wollte auch Molly mehr über den geheimnisvollen Gast erfahren.

»Nun, Mr. Worthington, darf ich fragen, was Sie in diese Gegend treibt? Mein Mann erzählte mir, dass Sie auf dem Weg zu Ihren Verwandten sind. Wo genau leben diese denn?«

Nun wurde es ernst. Worthington musste sich genau überlegen, was er erzählte, ein falsches Wort konnte ihn verraten.

»In einer kleinen Siedlung nördlich von Williamsburg. Sie nennt sich Doncastle.«

»Aha, Nie gehört. Aber wie gesagt, wir sind erst Anfang des Jahres hier angekommen.«

Nun wollte Charles den Spieß umdrehen und seinerseits Fragen stellen.

»Verzeihen Sie meine Neugierde, Mr. und Mrs. Jenkins. Michael hat mir bereits erzählt, dass Sie erst kürzlich direkt aus Irland hierhergekommen sind. Aber wieso kommt ein junges Paar wie Sie hierher, in ein Land im Aufruhr? Sie müssen doch gewusst haben, dass Sie in einen Krieg reisen. Ich will Sie ja nicht beleidigen, Mr. Jenkins, bei allem Respekt, aber ich würde eine so liebreizende Person wie Ihre Frau niemals solchen Gefahren aussetzen.«

»Sie beleidigen mich damit nicht, denn Sie haben durchaus recht! Wir waren sehr naiv, als wir hierher fuhren. Sie müssen wissen, dass die Öffentlichkeit in

Irland nur unzureichend informiert ist über den wahren Zustand der Kolonien. Das hat natürlich seinen Grund in der Staatsraison. Man fürchtet einen Flächenbrand. Auch konnte man es sich gar nicht vorstellen, dass sich Milizen und Armeen bilden, um gegen den König und seine Gouverneure zu rebellieren. Als wir losfuhren, dachten wir, dass hier alles in bester Ordnung sei, oder dass man binnen kurzem die Ordnung wieder hergestellen würde. Wir wurden eines Besseren belehrt und landeten zwischen den Fronten. Zum Glück hat uns die Familie Payton aufgenommen. Zugegeben, wir dachten zunächst, wir seien Gefangene. Aber wir sind keiner Seite verpflichtet und wollen abwarten, wie sich die Dinge entwickeln. Solange bleibe ich sehr gerne in Diensten der Paytons. Natürlich gilt der Familie Payton unsere volle Loyalität. Politisch versuchen wir, neutral zu bleiben.«

»Wie soll das gehen? Neutral kann hier niemand sein! Entweder man ist für eine Sache, oder dagegen, Sir!«

»Sie haben schon recht. Aber wenn die Sache nicht die meine ist?«

»Dann sind Sie doch dagegen?«

Die beiden Männer sahen sich hart an. Spannung lag in der Luft. Molly intervenierte:

»Gentlemen! Ich muss doch sehr bitten! Das führt doch zu nichts. Sie haben noch gar nicht gesagt, ob Sie noch etwas von diesem Braten möchten, Mr. Worthington. Schmeckt er Ihnen?«

»Äh, ja, danke, Mrs. Jenkins. Verzeihen Sie bitte. Ich missbrauche Ihre Gastfreundschaft. In der Tat, dieser Braten ist hervorragend! Bitte entschuldigen Sie meinen Ausbruch vorhin.«

»Schon geschehen, Mr. Worthington. Sie sind also Patriot. Ich habe den allergrößten Respekt für Ihre Ziele. Dennoch, ich frage mich, warum Sie sich nicht freiwillig gemeldet haben?«

»Äh, zu Recht. Wie gesagt, ich muss mich zunächst um diese, ich meine, meine Familienangelegenheiten kümmern. Wenn alles geregelt ist, werde ich mich der Armee anschließen«, sagte Worthington.

»Darauf sollten wir anstoßen! Liebling, haben wir noch etwas Bier?«

Ben fixierte seinen Gast mit festem Blick. Ein seltsamer Mann. Er schätzte ihn etwa gleichaltrig, seine Statur war wesentlich kräftiger, ohne dass er dick erschien. Er war etwas kleiner als Ben, sein Gesicht voller mit einem markanten Kinn. Sein Kiefer mahlte ununterbrochen, obwohl er schon längst aufgegessen hatte. Der Mann war nervös. Irgendetwas stimmte nicht. Ben hätte sofort vermutet, dass er Soldat war. Sein ganzes Auftreten erinnerte an einen Offizier. So wie er eben Buchhalter war und das nicht verleugnen konnte.

»Nun, Ich erhebe das Glas auf General Washington. Und auf den König. Möge der bessere gewinnen!«, sagte Benjamin.

»Dem ersten Teil stimme ich zu!«, entgegnete Charles. Ben sah ihn ernst an.

»Dann ich trinke lieber darauf, dass es bald eine politische Lösung und Frieden gibt.«

»Nun, das sind weise Worte. Zum Wohl!«

Beide tranken aus ihrem Krug und sahen sich dabei in die Augen. Keiner wollte zuerst absetzen, als wenn sie dadurch den Krieg entscheiden könnten. Schließlich stellten sie gleichzeitig ihre leeren Krüge ab.

»Unentschieden«, sagte Benjamin, »Das ist der heutige Stand.«

Worthington lächelte gequält.

»Leider...«

Molly machte sich daran, den Tisch abzuräumen. Ben sprang auf und ging ihr dabei zur Hand. In der Küchennische flüsterte sie ihm ins Ohr:

»Ben, der Mann gefällt mir nicht. Er hat etwas..., verschlagenes. Ich traue ihm nicht über den Weg. Bitte, lass Dich auf nichts ein!«

»Keine Sorge, Molly. Ich gebe ihm sein Nachtquartier und dann wird er morgen abreisen. Es besteht keine Gefahr.«

Schließlich kehrte Ben an den Tisch zurück.

»Möchten Sie noch eine Pfeife rauchen? Wir haben hier den besten Tabak Virginias.«

»Nein, danke. Ich mache mir nichts aus Tabak. Aber ich würde noch ein Bier nehmen.«

Ben schenkte dem Gast aus dem großen Krug nach. Sich selbst gab er nur einen kleinen Schluck, denn er wußte um die Stärke dieses Gebräus.

»Ich breche morgen früh auf, Mr. Jenkins. Wie sind Ihre Pläne?«

»Wie meinen Sie das? Ich muss hier arbeiten, natürlich.«

Wieder biss sich Worthington auf die Zunge. Beinahe hätte er sich verraten.

»Ich dachte, der Bote hätte Ihnen Post aus Hampton gebracht? War es nicht ein Brief, auf den Sie dringend warteten? Michael ist etwas, sagen wir, indiskret«, rettete er sich schnell.

»Nun, in der Tat. Ich will so bald als möglich nach Hampton fahren, um etwas abzuholen. Es ist von größtem Wert für uns. Wissen Sie, es ist kein Geheimnis, dass wir einen größeren Warenposten dort lagern haben. Wir möchten die Ware so schnell wie möglich hier haben, um sie weiterzuverkaufen.«

»Aha. Darf ich fragen, um welche Art Ware es sich handelt? Ich meine, um diese Jahreszeit ist ein Transport sehr aufwendig und gefährlich.«

»Nachttöpfe.«

»Nachttöpfe? Wer um alles in der Welt braucht hier denn Nachttöpfe?«, fragte Charles Worthington etwas verwirrt.

»Es sind besondere Bourdalous aus feinstem Porzellan. Für Damen. Ja, Mr. Worthington! Auch hier draussen auf dem Lande möchten die Damen nicht auf die Annehmlichkeiten und Errungenschaften der modernen Zeit verzichten. Und wir haben diese Ware mitgebracht.«

»Nun, dann wünsche ich viel Erfolg beim Verkauf. Zugegebenermaßen kenne ich mich mit Damenartikeln nicht aus. Es dürfte allerdings schwer sein, hier draussen Kundinnen zu gewinnen.«

»Oh, Sie glauben nicht, wie gut vernetzt die Damen der Gesellschaft hier sind. Man kennt sich und korrespondiert miteinander.«

»Schön und gut. Aber wie bringen sie die Töpfe hierher? Solche Ware ist hochgradig bruchgefährdet.«

»Da kommt eben dieser Schmied in Hampton ins

Spiel. Pellard heißt er. Er hat mir zugesichert, dass er unseren Wagen umbaut, damit er als Schlitten benutzt werden kann. Das stand, zwar etwas knapp formuliert, aber dennoch als Zusage in seinem Brief. Ich werde morgen meinen Dienstherren um Urlaub und einen Transportwagen bitten.«

»Werden Sie diesen Trail auch begleiten, Mrs. Jenkins?«, fragte Worthington, in der Hoffnung sein Auftrag konnte so ganz einfach zu erfüllen sein.

»Leider nein, Mr. Worthington. Der Arzt, Dr. Pierce, hat mir derartige Anstrengung absolut verboten. Ich hatte eine..., schwere Erkrankung...«, sagte Molly, die sich über sich selbst wunderte, dass sie einem Fremden beinahe einfach so ihre privatesten Angelegenheiten erzählt hätte.

»Oh, ich hoffe, Sie haben sich gut erholt. Natürlich, das ist verständlich. Aber Sie werden doch nicht alleine fahren, Mr. Jenkins?«, fragte Worthington, der eine Chance witterte, sich selbst irgendwie ins Spiel zu bringen.

»Nein, nein, ich werde Leroy bitten, mir Washington mitzugeben.«

»Leroy? Washington?

»Leroy Payton, mein Arbeitgeber. Und Washington ist einer seiner Sklaven. Ein hervorragender Mann.«

»Ach so. Nun, ich würde Sie auch bis Williamsburg begleiten, bis dahin haben wir den gleichen Weg.«

Immer mehr merkte Ben, dass mit diesem Besucher etwas nicht stimmte.

»Wenn Sie wollen, Mr. Worthington? Ich habe dennoch eine Frage, die sich mir aufdrängt. Warum sind Sie hierher gekommen, und haben nicht einfach in Williamsburg Rast gemacht? Es ist schließlich ein Umweg von mindestens 10 Meilen.«

»Sie haben mich erwischt. Ich war neugierig auf Sie und Ihre Frau. Ich hatte von den beiden Neuankömmlingen aus Irland gehört und wollte Sie kennenlernen. Michael hat mir von Ihnen erzählt. Insgeheim habe ich gehofft, Sie würden mich bewirten.«

Ben war entsetzt. Was für eine Frechheit! Im ersten Moment wusste er gar nicht, was er sagen sollte. Doch dann entschloss er sich, zu handeln. Erbost stand er auf.

»Wie bitte, Mr. Worthington? Sie haben geplant, hier zu übernachten? Was soll ich dazu sagen? Sie haben unsere Gastfreundschaft schändlich missbraucht! Das ist ungeheuerlich! Ich muss Sie bitten, nun in Ihre Kammer zu gehen. Morgen früh möchte ich, dass Sie dieses Haus verlassen! Nur der Anstand verbietet es, Sie bei diesem Wetter aus dem Haus zu jagen!«, sagte er aufgebracht.

»Ich bitte Sie beide inständig um Verzeihung. Ich danke Ihnen für das Essen und das mir entgegengebrachte Vertrauen. Es war sehr dumm von mir, nicht gleich mit offenen Karten zu spielen. Ich entferne mich nun. Wenn Sie es verlangen, verlasse ich Ihr Haus natürlich sofort«, versuchte der Offizier zu beschwichtigen.

»Benjamin, bitte!«, mischte sich Molly nun ein, »Mr. Worthington, ich bin wirklich enttäuscht! Aber niemals würde ich jemanden bei Nacht und Schnee hinausschicken. Sie können selbstverständlich unten schlafen. Ich möchte allerdings, dass Sie morgen das Haus verlassen und sich hier nie wieder blicken lassen! Gute Nacht!«

Doch Worthington hatte genug erfahren. Er stand auf, um sich zu verabschieden.

»Nein, ich werde gehen. Ich kann Sie nur bitten, mein Verhalten zu entschuldigen. Leben Sie wohl!«

Er packte seine Sachen und verließ die Wohnung. Ben folgte ihm und beobachtete wortlos, wie sich der Gast anzog. Als er gegangen war, verriegelte er die Türe.

Mit nur einem Satz hatte der Offizier erworbenes

Vertrauen wieder verloren. Aber er wußte nun genug, um weiter planen zu können. Mit einem Grinsen im Gesicht ging er zu seinem Pferd. Wenig später verließ er das Anwesen der Paytons und verschwand in der Dunkelheit.

Verfolger

Der Wagen bewegte sich nur langsam die Strasse entlang. Das lag natürlich am Schnee, der eine Spanne hoch lang, aber auch an den beiden Ochsen, die ihr Schritttempo stur hielten. Zwei Tage hatte Ben für den Hinweg gerechnet, aber Geschwindigkeit war nicht das Problem. Schon unbeladen blieb der Wagen immer wieder stecken, was Ben in seiner Idee für den Rückweg Kufen anzubauen nur bestärkte. Einmal rutschte der Wagen zudem ganz in den Graben, auch das hätte mit Ladung Bruch bedeutet. Das Unternehmen hatte Paytons volle Unterstützung erfahren, nach nur einem Tag Vorbereitung waren sie aufgebrochen. Washington war sehr gerne mitgekommen, er mochte Master Ben, wie er ihn nannte. Ben seinerseits wollte versuchen, herauszufinden, ob nicht der ehemalige Sklave des Generals hinter der Brandstiftung vor einigen Tagen steckte. Die beiden hatten für fast eine Woche Vorräte dabei, sollte die Fahrt doch länger dauern. Am ersten Tag waren sie gut vorangekommen, als gegen Abend das Wetter sehr schlecht wurde und sich Sturm und erneuter Schnee ankündigten.

»Wenn ein Schneesturm kommt, wir müssen warten, Master Ben. Können nicht im Sturm fahren.«

»Das stimmt, Washington. Aber wir haben Zeit, und ich meine, dass es auch nicht mehr ganz so kalt ist, wie noch vor einer Woche. Wir müssen versuchen, vor der Schneeschmelze zurückzukommen. Wenn es taut, werden die Wege erst einmal richtig schlecht, sagte zumindest Mister Payton. Wir würden wieder Wochen verlieren.«

Kurz vor Sonnenuntergang erreichten sie einen guten Lagerplatz, windgeschützt aber trotzdem nicht bedroht durch Bäume, die in einem Sturm würden umfallen können. Geschickt entzündete Washington ein Feuer, trockenes Anzündeholz hatten die beiden vorsorglich auf dem Wagen dabei. Unter einer großen Segeltuchplane, die sie mit zwei Stützen und starken Seilen über den Wagen gespannt hatten, fanden die beiden und ihre Zugtiere etwas Schutz vor der Kälte der Nacht. Es begann stark zu wehen und zu schneien. Ben und Washington lagen unter dem Wagen sicher wie in Abrahams Schoß, wie der Schwarze bemerkte. Der Mann war erstaunlich bibelfest. Er erzählte Ben fast wie ein Missionar vom alten Testament, besonders das Buch Exodus hatte ihm angetan. Die Befreiung des Volkes Israel aus Ägypten.

Ben war müde und hörte zu, bis er eingeschlafen war. Bis auf das Heulen des Sturmes bekam er nichts mit von dem, was ausserhalb des Lagers geschah.

Unbemerkt von den beiden Männern, etwa 100 Meter entfernt, kauerten zwei Gestalten im Wald unter einer gewaltigen Tanne. Sie waren in Decken gehüllt und nutzten den Bereich unterhalb des Baumes wie einen großen Schirm. Wenig dahinter harrte ein Pferd gegen den Sturm aus. In der Dunkelheit konnte man nicht erkennen, dass die kleinere der beiden Gestalten gefesselt und geknebelt war und sich kaum bewegen konnte. Die größere Gestalt, es war eindeutig ein Mann, blickte in Richtung des Wagenlagers, doch nur ein schwacher Feuerschein und Rauchgeruch verriet deren Position im Schneegestöber. Wie gerne hätte er sich auch aufgewärmt. Aber er musste noch diese Nacht und mindestens den nächsten Tag durchhalten, um zu seinem Ziel zu kommen. Mit der Geisel im Schlepptau und dem andauernden Schneefall kam er auch nicht sehr viel schneller voran als das Ochsenfuhrwerk.

Die Geisel rührte sich wieder und versuchte trotz des Knebels Laute auszustoßen. Zumindest schien sie durchzuhalten.

»Gib Ruhe!«, zischte er sie an. Die beiden Männer beim Wagen durften sie nicht hören. Doch der Rauch ihres Feuers, der hierher wehte, sagte ihm, dass die Männer beim Wagen gegen den Wind heute kaum etwas hören würden. Bei Windstille würde es anders sein, ein knackender Ast konnte noch in hundert Yards wahrgenommen werden.

Worthington dachte nach. Eigentlich lief es genau nach seinen Vorstellungen. Beide Eheleute sollten nach Hampton gebracht werden, der Mann kam nun von selbst und die Frau folgte. Zwar gegen ihren Willen, aber trotzdem nach Plan.

»Wenden Sie, falls nötig, Gewalt an«, hatte Butcher gesagt. Und Mrs. Jenkins hatte keine Gegenwehr geleistet, als er sie kurz nach der Abfahrt ihres Mannes besucht hatte. Die Pistole hatte als Argument genügt. Gut, er hatte sie mit auf sein Pferd nehmen müssen. Aber sie war klein und leicht, keine besondere Belastung für ein gutes Pferd. Die beiden Decken zusätzlich mitzunehmen, war ebenfalls eine gute Idee gewesen. Ohne ein Dach über dem Kopf war es nicht ohne Risiko, bei Schneesturm im Freien zu übernachten.

Worthington hatte dem Wagen in gebührendem Abstand folgen wollen. Dabei musste er nur aufpassen, nicht zu nah zu kommen. Als der Wagen am Mittag in den Graben gerutscht war, kamen der Verfolger und seine Gefangene sehr nahe und wären beinahe entdeckt worden. In letzter Sekunde hatte er sie in Deckung gebracht. Mrs. Jenkins durfte keine Gelegenheit bekommen, um auf sich aufmerksam zu machen. So hatten sie bereits Mittags eine Stunde im Schnee warten müssen, bis sich der Wagen endlich wieder bewegt hatte.

Am nächsten Morgen würde er eine Stunde warten, bis er mit der Frau ebenfalls aufbrach. Kurz dachte er daran, dann nocheinmal das Feuer zu entfachen, um etwas warmes essen zu können. Doch zunächst musste er die Frau so festbinden, dass er selbst etwas schlafen konnte. Er schleifte sie zum Stamm der Tanne und band sie mit dem Seil an. Dann legte er sich vor sie, den Kopf auf den Sattel. Er schloss die Augen.

Als Molly das Gefühl hatte, ihr Entführer wäre eingeschlafen, begann sie an ihren Fesseln zu zerren.

»Geben Sie sich keine Mühe, Madame! Ich schlafe nicht. Ich bin Soldat und kann den ganzen Tag reiten und dann die ganze Nacht Wache halten. Sparen Sie Ihre Kräfte für den Weg nach Hampton!«, sagte Worthington mit geschlossenen Augen.

Am Morgen blieb der Lieutenant mit seiner Geisel weiterhin im verschneiten Dickicht verborgen. Die Luft war nun kalt und klar, dem Sturm war ein Hoch gefolgt, der Tag versprach sonnig zu werden. Jenkins und der Schwarze brachen ihr Lager ab und machten sich daran, weiter zu fahren. Als sie sich ausser Rufweite entfernt hatten, band der Soldat Molly los und nahm ihren Knebel heraus.

»Wir gehen zu der Feuerstelle. Ich werde versuchen, das Feuer neu zu entfachen und etwas Wasser aufzuwärmen. Ein lautes Geräusch von Ihnen, Mrs. Jenkins, und ich muss Sie erneut knebeln!«

»Warum tun Sie das? Wir haben nichts getan. Das muss eine Verwechslung sein!«, fragte Molly ihren Peiniger.

»Eine Verwechslung ganz bestimmt nicht! Ich habe Order, Sie beide zu Colonel Butcher nach Hampton zu bringen. Er hat Ihre Machenschaften aufgedeckt.«

»Welche Machenschaften? Eine Ladung Pot de chambre nach Amerika zu bringen?«

»Bleiben Sie ernsthaft! Sie beide spionieren für die Loyalisten. Es gibt erdrückende Beweise gegen Sie!«

»Oh, nein, Sir! Das stimmt doch nicht! Wir haben mit Politik nichts zu tun. Das müssen Sie mir glauben!«

»Ruhe jetzt! Kommen Sie. Wir warten hier und folgen mit Abstand. Heute Abend werden wir Hampton erreichen. Ihre Märchen können Sie dann dem Colonel erzählen!«

Sie aßen Brot und von dem kalten Braten, tranken dazu warmes Wasser, was Molly als besondere Wohltat empfand. Ihr Entführer hatte ihr dazu eine Hand befreit, die andere blieb am Seil festgebunden. Als sie fertig waren, fesselte Worthington sie erneut und legte ihr wieder den Knebel an.

»Es tut mir leid, Madame. Aber ich kann nicht riskieren, dass Sie uns verraten. Das werden Sie verstehen.«

Molly schwor insgeheim, diesen Kerl bei der nächstbesten Gelegenheit kräftig in die Hand zu beissen. Es blieb ihr aber im Moment nichts anderes übrig, als sich zu fügen und mitzugehen. Es war anstrengend, im Schnee zu wandern, aber in den breiten Wagenspuren ging es einigermaßen. Zusätzlich zu den Fesseln an den Händen und dem Knebel hing sie mit einer langen Leine am Sattel des Pferdes. Auch ihr Entführer ging zu Fuß, er führte sein Pferd wiederum am Zügel. Das Ochsenfuhrwerk hatte nach seinen Berechnungen aus Zeit und Geschwindigkeit etwa 2 Meilen Vorsprung. Trotzdem musste er auch weiterhin gut aufpassen, nicht zu dicht heranzukommen. Darum war sein Blick stets nach vorne gerichtet, er beobachtete den Weg vor ihnen genau. Bald würden sie eine längere Strecke freien Geländes vor sich haben, die noch dazu etwas abschüssig verlief und Worthington war sich nicht sicher, ob die 2 Meilen Abstand dann noch genügten. Die Sicht war gut, und es konnte durchaus sein, dass man die Verfolger von weitem sehen konnte.

Bald würde es so weit sein. Der Wald lichtete sich und der Weg führte über eine Kuppe. Darüber sah man nur den blauen Himmel und die Sonne. Worthington band das Pferd mit der Gefangenen darauf an einen Baumstumpf am Wegesrand fest. Dann lief er geduckt zu der Kuppe hoch, um vorsichtig darüber zu spähen. Den ganzen Morgen hatte er genau aufgepasst, ob es Spuren gab, die verrieten, dass der Wagen einmal angehalten hatte. Aber nichts hatte am Wegesrand darauf hingedeutet. Der tiefe Schnee links und rechts neben dem Weg war stets makellos gewesen. Worthington spähte über den Rand der Bodenerhebung. Dazu hatte er sich auf den Bauch gelegt. Dahinter öffnete sich die Landschaft. Die tiefstehende Wintersonne blendete ihn stark. Tatsächlich! Der Wagen war nicht weit entfernt. Worthington rieb sich die Augen. Saß da nur ein Mann auf dem Kutschbock? In diesem Moment nahm er ein Knirschen im Schnee und schnelle Schritte hinter sich wahr. Er sprang auf und fuhr herum, bekam aber sofort einen harten Schlag mit einem Ast an die Schläfe. Das Holz zerbrach. Worthington taumelte kurz und sackte dann bewußtlos zu Boden.

Washington hatte die Verfolger bemerkt und Ben sich hinter einem Baumstamm am Wegesrand versteckt, nach dem er vom Wagen hinter den Stamm gesprungen war, während Washington mit dem Wagen weiterfuhr. Dies war die Idee Washingtons gewesen, damit man am Wegesrand keine Spuren sehen konnte. Ben war erschrocken, als er Molly im Schlepptau von Worthington entdeckt hatte. Mit einiger Mühe hatte er den ersten Impuls unterdrückt, sofort auf den Entführer loszugehen. Da er unbewaffnet gewesen war, hatte er eine Möglichkeit finden müssen, den Entführer zu überwältigen, um sie zu befreien. Trotz der Kälte hatte Ben das Gefühl gehabt, sein Gedanken würden rasen. Warum um alles in der Welt hatte dieser Worthington Molly gefangen genommen und verfolgte sie? War er vielleicht ein Agent? So musste es sein. Ein britischer Agent. So übertrieben patriotisch, wie er sich am Abend vor zwei Tagen gegeben hatte, konnte es doch gar nicht anders sein. Aber wo lag der Sinn? Waren sie so wichtig für die Engländer? Womöglich war Mollys

Herkunft nicht länger ein Geheimnis und einflussreiche Freunde Godfreys, sozusagen der lange Arm ihres Stiefbruders, griff nun nach ihr und auch nach Benjamin. Ben musste unbedingt herausfinden, wer hinter diesem Worthington steckte. Wenn dieser Mann wirklich so hieß! Ben hatte sich zusammengerissen und in seinem Versteck abgewartet, bis er schließlich herauskrochen war, um nun seinerseits dem Verfolger heimlich zu folgen. Schon hinter dem Stamm hatte er den kurzen Ast gefunden, den er als Knüppel würde benutzen können. Als er schließlich sah, dass der Entführer angehalten hatte, um voraus zu spähen, hatte er all seinen Mut zusammengenommen, war den Hügel zu Worthington hinaufgerannt und hatte ihm den Ast auf den Kopf geschlagen.

Ben ließ den Rest des Astes fallen, lief zu Molly und befreite sie von ihren Fesseln. Sie umarmten und küssten sich. Dann sah Benjamin Molly von oben bis unten an.

»Mein Gott, Molly! Geht es Dir gut? Hat er Dir etwas getan? Was ist passiert? Warum hat Dich dieser Kerl entführt und ist uns gefolgt? Wer ist dieser Worthington?«

»Ben, oh, Ben! Du bist wunderbar. Schon wieder hast Du mir das Leben gerettet!«, rief Molly, umarmte und herzte ihren Mann erneut. »Dieser Schuft! Er will uns als Spione nach Hampton bringen! Er ist ein Offizier der Continental Army!«

»Was? Und ich hielt ihn für einen britischen Agenten! Wie kommt er darauf? Wir haben doch nichts getan, was uns verdächtig machen könnte. Was sollen wir tun?«

»Zunächst sollten wir ihn fesseln und knebeln und an sein Pferd binden, so wie er es mit mir getan hat!«

»Natürlich. Und dann müssen wir überlegen, was wir machen. Sollen wir nach Hampton, oder zurück nach Jamestown?«

»Wir sollten fliehen, Ben! Wir können doch niemandem vertrauen!«

»Das ist aussichtslos. Wohin sollten wir uns wenden? Wer würde uns helfen? Nein, Molly! Wir müssen uns der Anklage stellen. Wir sind unschuldig. Ich bin überzeugt, die Wahrheit hilft uns hier am besten. Wenn wir jetzt fliehen, wird uns niemand mehr glauben!«

»Und dieser Worthington? Er ist ein Yankee-Soldat. Er will uns zu seinem Colonel bringen. Es gibt angeblich Beweise gegen uns. Wie sollen wir dagegen ankommen? Hier haben wir keinen gewieften Winkeladvokaten wie in Dublin.«

»Du meinst jemanden wie Ryker? Der hat uns am

Ende doch auch hereingelegt. Du weißt, als er glaubte, Du müsstest bald sterben hat er ganz schnell sein wahres Gesicht gezeigt. Es ging ihm nur um Geld.«

»Ging es je um etwas anderes? Dieses ganze Gerede von Freiheit und Gerechtigkeit. Es geht um den Profit! Das ist doch die höchste Motivation der Menschen!«

»Molly, Du hast sicher recht. Aber auch wir brauchen Geld, um unseren Unterhalt zu finanzieren. Jeder muss sehen, wo er bleibt. Aber es stimmt: Die Gier der Menschen ist unersättlich.«

Hinter ihnen kam Worthington langsam wieder zu Bewusstsein. Er stöhnte. Schnell machten Ben und Molly sich daran, den Mann zu fesseln.

»Worthington! Ich bin entsetzt, dass Sie meine Frau entführt haben! Das wird Konsequenzen haben! Ich werde Sie in Hampton anklagen!«

»Ohh! Mein Kopf!«, stöhnte der Verletzte.

Molly nahm etwas Schnee und kühlte ihm damit die Schläfe.

»So besser? Ich glaube, Sie werden sich schnell erholen. Ben, Du musst Washington holen. Nimm das Pferd und reite zu ihm. Ich werde diesen Mann hier bewachen.«

»Molly! Nein. Das wirst Du nicht! Wenn Dir etwas passiert, ich könnte mir das nie verzeihen.«

»Keine Angst, Ben! Ich nehme seine Pistole und halte fünf Schritte Abstand. Wenn er auch nur einen Mucks macht, erschieße ich ihn. Du weißt, ich schieße besser als Du.«

»Ist die Pistole geladen?«

Molly ging zum Pferd, griff in die Satteltasche und zog die schwere Armeepistole heraus. Sie sah sich die Zündpfanne an, spannte den Hahn, hielt sie senkrecht nach oben und drückte ab. Der Knall schreckte die Waldtiere und Vögel in der näheren Umgebung auf. Auch Washington musste den Schuss gehört haben. Das Pferd scheute und zerrte am Zügel, an dem es festgebunden war.

»So. Siehst Du? Sie war geladen. Jetzt lade ich neu und Du reitest zu Washington. Dann kommst Du zurück und holst mich ab. Womöglich kann der Schwarze die Kutsche auf dem schmalen Weg nicht wenden. Dann soll er warten«, sagte Molly in einem beinahe befehlenden Ton. Sie ging wieder zum Pferd, beruhigte es mit sanften Worten und holte das Pulverhorn und den Kugelbeutel aus der Satteltasche.

»Gut. Zögere nicht, sie zu benutzen!«, sagte Ben, umarmte und küsste sie nocheinmal.

Er schwang sich unbeholfen auf das Pferd. Im freien Gelände war der Schnee größtenteils vom Weg geweht, so dass er schnell vorankam. Schon nach kurzer Zeit würde er das Fuhrwerk erreichen. Washington hatte angehalten, als er den Schuss gehört hatte. Auch Master Benjamin hatte er aufgrund seiner mangelnden Reitkunst schon von weitem identifiziert. Es sah so aus, als würde eine schlecht angebundene, schwarze, zu groß geratene Puppe auf dem Pferd hin- und herschaukeln. Jeden Moment musste man damit rechnen, dass der Reiter herunterfiel. Doch Ben hielt sich tapfer fest und kam schnell näher.

»Master Ben! Wo ist die Misses? Geht es ihr gut?« fragte der Sklave. Erleichtert folgte er den Erzählungen Bens. Nach etwa einer Stunde konnten sie mit Molly und dem Gefangenen die Reise fortsetzen.

»Wie hast Du bemerkt, dass jemand dem Fuhrwerk folgt, Washington?«, fragte Molly.

»Die Tiere verhielten sich anders. Mir war aufgefallen, dass keine Tiere am Morgen in der Nähe waren. Keine Vögel in Richtung großer Baum. Und dann sah ich ganz kurz das Pferd hinter der großen Tanne. Ich kenne den Weg und wußte, dass der Wald bald zu Ende sein würde. Master Ben wollte unbedingt den Verfolger stellen. Wir haben das Feuer absichtlich nicht ganz ausgemacht, damit sich die Verfolger noch aufwärmen.«

»Ben, das war sehr unvorsichtig von Dir! Wenn er Dich entdeckt hätte....«

»Es ist doch alles gut gegangen. Wir müssen nun überlegen, wie wir diese Vorwürfe entkräften können. Das geht nur in Hampton. Zunächst werden wir diesem Colonel Butcher aufsuchen, bevor wir zu Pellard gehen.«

»Das ist nicht gut!«, sagte Washington.

»Es gibt aber keine andere Möglichkeit. Wir müssen uns dieser Anklage stellen. Washington, Du wirst notfalls zur Plantage zurückfahren und Master Leroy benachrichtigen. Er wird für uns bürgen.«

Washington nickte. Doch Molly war nicht überzeugt, sie schüttelte den Kopf.

»Ich habe kein gutes Gefühl«, sagte sie, »Sie werden uns nicht glauben.«

Menschenkenntnis

»Ist Molly mit ihrem Mann mitgefahren, Leroy? Sie ist nicht zu Hause. Ich dachte, Jenkins wollte alleine mit Washington fahren. Ich war vorhin drüben beim Verwaltungsgebäude, aber da war niemand.«

»Nein, Hannah. Sie sollte auf keinen Fall mit. Ben sagte mir, es sei viel zu anstrengend für seine Frau zwei Tage bei dieser Kälte mit der offenen Kutsche zu fahren.«

»Und doch ist sie verschwunden. Das ist sehr seltsam!«

»Ob sie gemeinsam geflohen sind? Vielleicht haben wir sie doch falsch eingeschätzt und uns täuschen lassen. Spione sind sehr geschickt darin. Wenn das so ist, müssen sie Helfer haben.«

»Leroy, das kann ich nicht glauben. Sollte die Information über die Kanonen aus Ticonderoga wirklich dazu geführt haben, dass sie ihre Tarnung aufgegeben haben? Ich würde es sehr bedauern, wenn Molly und

Ben feindliche Spione wären!«

Leroy sah seine Frau an. Sie schien ehrlich besorgt. Auch er konnte es sich überhaupt nicht vorstellen, dass Jenkins und seine Frau heimlich solche Machenschaften betrieben. In den fünf Wochen, die sie nun hier waren, meinte er, sie gut kennengelernt zu haben. Auch Fournier und seine Mutter hatten nichts verdächtiges feststellen können.

»Wo ist eigentlich Michael? Er war doch vorgestern bei Jenkins. Ich muss wissen, was da los ist. Wenn beide verschwunden sind, gibt es nur eine Erklärung.«

Payton war jetzt doch sehr aufgebracht. Er witterte Verrat, nicht zuletzt wegen des abweisenden Verhaltens von Jenkins gegenüber seiner Avancen.

»Leroy, auch Washington ist dabei. Wir vertrauen ihm. Er würde uns nie verraten«, versuchte seine Frau zu beruhigen.

»Du hast recht, aber trotzdem! Er wollte alleine fahren, jetzt sind sie beide weg. Irgendetwas stimmt hier nicht!«

Leroy beauftragte Moses, Michael zu suchen. Nach etwa einer halben Stunde stand der Hilfsarbeiter und Bote vor der Tür des Herrenhauses.

»Michael! Wenn Du weißt, was mit Mrs. Jenkins ist, musst Du mir es sagen. Es kann sein, dass sie in Gefahr ist!«, sagte Leroy Payton zu dem Mann, der nur auf den Boden sah und jeden Blickkontakt vermied. Er schwieg.

»Los! Raus mit der Sprache! Was weißt Du?«, herrschte ihn sein Dienstherr an.

»Ich..., ich darf es nicht sagen, Sir! Ich muss es für mich behalten.«

Payton wollte den Mann schon packen und ihn zum Reden zwingen, doch er besann sich eines bessern und redete behutsam auf ihn ein.

»Michael, wer hat Dir das gesagt? Es kann sich doch nur um ein Missverständnis handeln. Ich bin Dein Arbeitgeber und war immer gut zu Dir. Ich kann Dich beschützen. Du kannst mir vertrauen, niemand wird erfahren, was Du mir erzählst!«

»Er bringt Mrs. Jenkins zu Colonel Butcher nach Hampton. Sie sind Spione!«

»Was? Wer bringt sie nach Hampton? Und warum?«, fragte Payton überrascht.

»Worthington. Ich meine, Lieutenant Worthington. Er ist mit mir aus Hampton gekommen, um die beiden zu holen. Es gibt Beweise gegen Mr. und Mrs. Jenkins.«

»Was für Beweise? Los, Mann rede!«

Hannah stand entsetzt hinter Leroy in der Türe. Also doch. Die beiden waren Spione. Und sie hatte Molly vertraut.

»Leroy! Wir sollten das nicht hier draussen weiter besprechen. Komm rein, Michael! Du musst uns alles erzählen, was Du weißt.«

Wenig später hatten sie alles, was ihr Angestellter wußte, erfahren. Hannah bat Leroy trotz allem, einen kühlen Kopf zu bewahren.

»Leroy, dieser Brief, den Jenkins geschrieben hat, ich will ihn selbst lesen. So weit ich weiß, hast Du doch erzählt, dass Ben diesen Pellard nur über Washington kennt. Dieser Schmied sollte doch lediglich Kufen an den schweren Wagen bauen. Wie kann man da eine Botschaft eines Spions herauslesen?«

»Ich denke, wir wissen hier zu wenig über die Praktiken geheimer Nachrichtenübermittlung. Es könnte eine verschlüsselte Botschaft sein, oder man muss eine Schablone mit Löchern über den Text legen. Nur die wichtigen Worte bleiben dann frei.«

»Nun gut. Es gibt nur einen Weg, unsere Ehre wieder her zu stellen. Du musst umgehend nach Hampton und die beiden persönlich anklagen. Und ich komme mit! Ich will Molly ins Gesicht sehen, wenn Sie mir sagt, dass sie uns belogen hat!«

»Du zweifelst also noch, dass sie schuldig sind?«

»Ich habe mich noch nie in einem Menschen getäuscht. Ja, ich bezweifle es. Ich kann es noch nicht glauben!«

»Hm! Aber Du musst hier bleiben! Ich werde Dich nicht in Gefahr bringen. Ich lasse mein Pferd satteln und breche noch in dieser Stunde auf. Moses! Holt Mr. Fournier! Er wird hier die Verantwortung übernehmen, solange ich fort bin!«, bestimmte Payton.

»Hannah übernimmt hier die Verantwortung, Leroy! Und Du tust, was Du tun musst!«, sagte plötzlich eine Stimme hinter ihnen. Leroys Mutter Amanda war herein gekommen.

»Mutter! Ich...«

»Leroy! Ich habe euch großgezogen und hier die Geschäfte geleitet, als Vater im Krieg war. Alleine, verstehst Du? Mr. Fournier hat genug zu tun, er soll sich um seine Aufgaben kümmern. Hannah wird hier die Geschäfte übernehmen, so wie es alle Payton-Frauen getan haben, wenn die Männer sich gegenseitig die Köpfe eingeschlagen oder ihr Leben bei der Jagd aufs Spiel gesetzt haben. Und ich werde sie dabei nach Kräften unterstützen!«

Leroy wollte protestieren, doch seine Mutter hob die Hand:

»Keine Widerrede! Es alles gesagt. Wenn Du heute

noch bis Williamsburg kommen willst, dann mußt Du Dich beeilen!«

»Sie hat Recht, Leroy! Und nimm diesen nutzlosen Michael mit. Alleine ist es zu gefährlich!«, fügte Hannah hinzu. Leroy atmete schwer durch, das Ganze passte ihm nicht. Aber er hatte keine passenden Argumente gegen die der Frauen parat. Sie hatten recht.

Kurz darauf saßen Payton und Michael im Sattel. Es war wieder eisig kalt und noch dazu neblig geworden. Weitere Schneefälle waren zu erwarten. Leroy Payton rechnete damit, dass das Ochsenfuhrwerk heute Abend Hampton erreichen würde. Sie beide würden, wenn sie gut durchkämen, bis morgen Abend die Stadt erreichen. Sollte dieser Butcher seinem Namen Ehre machte, könnten die beiden dann schon hängen. Dem wollte Leroy zuvorkommen, er wollte selbst von den beiden hören, ob sie schuldig waren, oder nicht und er wollte sie retten. Auch wenn sie schuldig sein sollten. Wie, wußte er allerdings nicht. Die Gesellschaft von Michael, dem Tagelöhner, Hilfsarbeiter und Boten war Payton ein Graus. Der Mann war ungehobelt, ungebildet und er hatte keine Manieren. Dauernd furzte er, aß rohe Zwiebeln wie Äpfel und stank bestialisch. Noch dazu sprach er in diesem seltsamen Dialekt der deutschen Einwanderer. Nur seine Manieren waren noch schlechter als sein Englisch.

»Wollen Sie auch ne' Zwiebel, Sir?«, fragte er nach ein paar Meilen auf der Landstraße und hielt Payton eine besonders schönes Exemplar entgegen.

»Danke, nein. Wie kann man die Dinger nur roh essen?«, fragte er und verzog angewidert das Gesicht.

»Sind gar nicht scharf, Sir. Helfen hervorragend gegen Skorbut und andere Krankheiten. Schon mein Vater hat jeden Tag eine gegessen.

»Und? Wie geh es ihm?«, fragte Payton etwas spöttisch.

»Ist vor zwei Jahren ins Eis eingebrochen und ersoffen«, sagte Michael wie beiläufig, »Er war einfach zu fett!«

Leroy verdrehte die Augen. Was für ein respektloser Kerl. So über den eigenen Vater zu reden. Unglaublich. Es graute ihm davor, mit diesem Mann eineinhalb Tage verbringen zu müssen. Trotzdem wollte er mehr über Michael erfahren, vor allem über seine Herkunft und politische Einstellung.

»Michael, Ihre Eltern waren doch Einwanderer aus Deutschland, oder?«, fragte er schließlich, um eine einigermaßen ergiebige Konversation zu beginnen.

»Ja. Aus der Pfalz, sagten sie immer. Aber sie redeten nie viel darüber. Sie mussten von früh bis spät arbeiten. Hier genauso wie dort. Aber hier wächst das Gemüse besser, sagten sie immer.«

»Aha. Und wie kamen Sie zu uns?«

»Ich war Tagelöhner am Hafen. Weil ich aber auch gut mit Pferden kann, hat mich Mr. Fournier angeheuert. Und ich bin gerne als Bote unterwegs, Sir, da kommt man viel rum. Und ich treffe auch andere Leute, die so sprechen wie meine Eltern. Das ist immer sehr schön.«

»Ah, ja. Sagen Sie doch doch einmal etwas auf Deutsch.

»Was soll ich denn sagen, Sir?«

»Vielleicht etwas über Mr. Jenkins?«

»Ja, da fällt mir was ein. Er ist ein Ire, nicht wahr? Und »der Ire« heißt auf Deutsch »der Eure«. Das ist doch sehr lustig, oder?«

Leroy konnte nicht ganz nachvollziehen, was Michael daran lustig fand. Er lächelte gequält. Jetzt begann Michael auf Deutsch zu erzählen, und er redete und redete, bis Payton ihn schließlich stoppte.

»Vielen Dank. Das genügt! Jetzt habe ich eine Vorstellung von Ihrer Muttersprache. Ich werde bestimmt jeden Deutschen sofort erkennen.«

»Ja, und dann gibt es aber noch unzählige Dialekte,

wissen Sie? Manche sprechen fast wie Holländer, andere wie Schweizer. Manche verstehe ich selber nicht!«,
lachte der Mann.

»Genug!«, sagte Payton etwas laut. Michael stutzte.
Etwas beleidigt brummte er vor sich hin:

»Sie wollten es doch hören.«

Payton wechselte schnell das Thema und sagte, man
müssen nun bald nach einem geeigneten Platz für die
Nacht Ausschau halten. Doch Michael hatte auch dafür eine Lösung.

»In zwei Meilen kommen wir zu einem Bauernhof,
dessen Besitzer uns beherbergen werden. Ich war da
schon oft zu Gast. Durfte da immer im Heu schlafen.
Aber für ein kleines Entgelt werden Sie auch ein Bett
bekommen, Sir.«

»Das klingt gut. Aber auch mir würde das Heu ge-
nügen.«

Nach einer relativ gemütlichen Nacht bei der Far-
merfamilie und einem weiteren Tag im Sattel erreichten die beiden Männer Hampton. Es war neblig an der
Küste und schon fast dunkel. Dennoch wollte Leroy
direkt zu diesem Colonel Butcher. Payton hatte seinen dunkelblauen Uniformrock unter dem Mantel an,

da er aber nur ein Leutnant der Reserve war, konnte er Butcher natürlich nichts vorschreiben. Er musste also geduldig warten, bis dieser ihn empfing. Butcher seinerseits genoss es, den reichen Farmer warten zu lassen. Er wollte zuerst seiner neu aufgestellten Militärkapelle lauschen, die ihm seinen Lieblingsmarsch vorspielen musste. Den »Yankee Doodle«. Auch Payton kannte die Melodie, er verabscheute aber diesen Gassenhauer, dessen eingängige Melodie ihn verfolgte wie ein Ohrwurm.

Es war schon lange dunkel, als Butcher ihn endlich empfing.

»Sir, Lieutenant Leroy Payton, zu Ihren Diensten.«

»Guten Abend, Payton! Bitte, stehen Sie bequem. Oder noch besser, nehmen Sie Platz. Was verschafft mir die Ehre?«, fragte Butcher etwas gelangweilt.

»Zunächst einmal vielen Dank, dass Sie mich empfangen. Ich habe vorhin Ihre Militärkapelle gehört. Spielen sehr schön, die Jungs. Mit Marschmusik haben wir endlich eine richtige Armee!«

Butchers Gesicht erhellte sich. Auch Leroy lächelte.

»Ja, nicht wahr? Es war meine Idee. Sie haben recht. Eine ordentliche Musik hat gefehlt! Mit Pfeifen und Trommeln! Warten Sie nur ab. Wenn wir mit unserer eigenen Marschmusik in die Schlacht ziehen, werden

wir damit das Dudelsackgepfeife dieser Hochlandrind-
viecher übertönen!«

Leroy lachte künstlich. Butcher lachte mit.

»Sehr schön. Nun, Sir, ich möchte Ihre kostbare Zeit
nicht lange in Anspruch nehmen.«

»Gut. Also, Payton. Was wollen Sie? Sie sind doch
bestimmt nicht wegen der Marschmusik zwei Tage durch
den Schnee geritten?«

»Ich möchte die Gefangenen sprechen. Mr. und Mrs.
Jenkins. Schließlich waren die beiden unsere Gäste und
standen unter meiner Aufsicht. Und ich möchte die Beweise sehen, welche die Schuld der beiden äh, bewei-
sen.«

»Bisher gibt es nur Indizien. Sehr starke Indizien,
muss ich leider sagen!«

Butcher las Payton Benjamins Brief an Pellard vor.
Dann las er den Brief Pellards an seinen Mittelsmann
vor. Leroy merkte gleich, welche Schlüsse Butcher daraus hatte ziehen müssen.

»Das sind in der Tat starke Indizien. Welche Indizien
haben Sie noch? Oder gar Beweise?«

»Nun, Pellard hat gestanden! Allerdings gibt er vor,
seinen Mittelsmann nur unter seinem Decknamen zu
kennen. Er nannte ihn »den Iren«. Verstehen Sie? Jenkins ist der einzige Ire, der verdächtig ist.«

Leroy zuckte etwas zusammen bei diesen Worten. Was hatte Michael gesagt, bedeutete der Ire auf deutsch? Der Ihre. Kommentierte General Washington nicht die Übergabe seines Sklaven an ihn mit den Worten: »Der Mann ist nun der Ihre«? Konnte das Zufall sein? Schnell fasste sich Leroy und ging in die Offensive.

»Das ist doch kein Beweis! Warum sollte er den Decknamen verraten? Wenn er gestanden hat, hatten Sie sicherlich gute Argumente, ihn dazu zu bewegen. Und er hat den Mittelsmann nicht preisgegeben? Das ist doch seltsam!«

»In der Tat. Auch Jenkins kommt mir sehr unwissend vor. Naja. Morgen werden wir ihn zum sprechen bringen. Und er hat ja sein Medium an seiner Seite.«

»Sein Medium?«

»Nun, ich meine damit, dass er es nicht ertragen wird, wenn wir seiner Frau in seinem Beisein etwas, sagen wir, unangenehmes bereiten. Er wird reden wie ein Wasserfall! Sie wird dadurch unsere Brücke zu einer ansonsten nicht erreichbaren Welt. Ein Medium.«

Payton war etwas erstaunt über Butchers eigenwillige Interpretation antiker Erkenntnistheorien. Doch dahinter steckte eine grausame Logik. Dieser Butcher wollte tatsächlich Molly foltern. Das musste verhindert werden.

»Er wird alles sagen, was Sie wollen, um seine Frau zu retten. Aber ist das dann die Wahrheit? Ich glaube nicht!«, sagte Leroy nun ernst. Irgendwie musste er Butcher aufhalten. Vor allem musste er Zeit gewinnen: »Ich hätte da eine bessere Idee. Lassen Sie mich mit den beiden sprechen. Wenn ich sie überführen kann, sparen wir uns hässliche Gerüchte. General Washington, den ich sehr gut kenne und schätze, hält im Übrigen nichts davon, Frauen zu foltern.«

Butchers Mine verfinsterte sich. Dieser verdammte Farmer! Saß da in seiner Leutnantsuniform, hatte ausser zur Jagd wahrscheinlich noch nie einen Schuss abgegeben, und begann hier und jetzt ihn, einen Vorgesetzten, zu erpressen. Zähneknirschend musste er Paytons Antrag stattgeben.

»Na gut. Reden Sie mit den beiden. Aber nicht alleine. Ich komme mit!«

»Natürlich, Sir. Das ist eine ausgezeichnete Idee! Sie werden sehen, im Handumdrehen finden wir die Wahrheit heraus!«, rief Payton geradezu euphorisch.

Leroy war aufgestanden und zupfte seine Uniform zurecht. Butcher erhob sich schwerfällig und nahm seinen Hut. Dann gingen die beiden zu den Gefangenen. Molly und Ben saßen in einer eiskalten Zelle, sie froren entsetzlich. Auch Washington war in der Zelle gefangen.

»Colonel! Warum sitzt mein Sklave hier bei den Gefangenen? Er ist mir treu und loyal ergeben. Ich protestiere in aller Form!«, echauffierte sich Payton.

»Immer mit der Ruhe. Der Mann hat darum gebeten, bei den beiden zu sein. Er hat hat Stein und Bein geschworen, dass sie unschuldig sind.«

»Molly, Ben, Washington! Ich bin es, Leroy Payton!«, sagte der Plantagenbesitzer.

»Leroy! Gott sein Dank! Wir sind hier in einer äusserst misslichen Lage. Dieser Worthington hat uns hintergangen und Molly entführt. Wir konnten ihn überwältigen und sind aus freien Stücken hier, um den Verdacht gegen uns zu entkräften. Wir wußten nicht, dass dieser Pellard ein Spion ist, dass müssen Sie uns glauben! Warum hätten wir uns sonst gestellt?«

»Worthington? Wer ist das?«

»Einer meiner Männer. Ich habe ihn nach Jamestown geschickt, um die beiden zu holen«, meinte Butcherbeiläufig.

»Sie haben was? Ohne uns zu kontaktieren? Das ist eine Unverschämtheit, Sir! Ich protestiere in alles Form!«

»Passen Sie gut auf, Payton! Sie sprechen mit einem Colonel! Ich bin Ihnen weisungsbefugt! Noch ein Wort und ich bringe Sie vors Kriegsgericht!«

Leroy Payton musste sich zusammenreissen. Dieser alte Soldat war gefährlich.

»Sir, ich bitte um Entschuldigung. Aber ich bin etwas überrascht, dass man meiner Familie nicht vertraut. Immerhin ist mein Bruder bei der kämpfenden Truppe!«, versuchte er sich aus der Affaire zu ziehen.

Doch auch Butcher ruderte zurück. Dieser Payton hatte die besseren Verbindungen. Wenn Butcher nicht bis zu seinem Ende hier in der Etappe sitzen wollte, brauchte auch er Beziehungen.

»Mr. Payton. Warum gehen wir nicht zurück in die warme Stube und sprechen dort weiter. Das hier führt doch zu nichts. Alles, was Ihnen die beiden sagten, wissen wir längst.«

»Dann nehmen wir die Gefangenen doch mit. Als Gentleman kann ich nicht zulassen, dass eine Dame hier frieren muss. Noch dazu in so einer Verfassung.«

»Also gut. Ich hole die Wache«, lenkte Butcher ein.

Kurz darauf saßen die Gefangenen, Washington, Colonel Butcher und Payton im Warmen. Leroy hatte Butcher sogar genötigt, den dreien Tee zu geben zu lassen.

Er höre sich noch einmal die Geschichte an. Dann gab er Leroy den Brief Benjamin an Pellard zu lesen. Schließlich hatte Leroy eine Idee.

»Mr. Butcher, ich habe noch eine letzte Frage. Wann hat dieser Pellard seine letzte Bestellung verfasst?«

»Zwei Tage vor Weihnachten, Mr. Payton. Ja, in der Tat. Das wissen wir ganz genau.«

Leroy Paytons Mine hellte sich auf. Das war die Lösung. So einfach und unwiderlegbar.

»Also mehr als eine Woche, bevor die Familie Jenkins hier ankam. Und laut Captain Cooper war Hampton gar nicht als Ziel der Reise geplant. Es kann also gar keine Verbindung zwischen Pellard und Jenkins geben. Mein Sklave hier hat Pellard als Schmied empfohlen, denn es sollte ja Ware abgeholt werden. Und die Geschichte mit den Geschützen aus Ticonderoga, haha! Beim besten Willen, Sir! Während wir hier sitzen und über die Geheimhaltung dieser Sache reden, fegen diese Kanonen die Engländer aus dem Hafen von Boston!«

Payton lachte laut und schlug sich auf die Schenkel. Er war sich bewußt, dass sein Lachen etwas sehr ansteckendes hatte. Auch Molly, Ben und Washington fielen ein. Schließlich musste auch Butcher grinsen.

»Nein, Sir! Die beiden sind unschuldig. Es bleibt mir

nur, einen Brief an meinen Freund George zu schicken, und Sie als äußerst fähigen Kommandanten zu erwähnen. Und vor allem diese wunderbare Marschmusik!«

Butchers Mine erhellte sich. Hier schien sich nun doch eine Möglichkeit für ihn aufzutun.

»Eine Empfehlung an den General? Nun, Lieutenant, wenn Sie es sagen? Nur, was mache ich denn jetzt mit den Gefangenen?«

»Auch dafür habe ich eine elegante Lösung, Sir. Ich nehme die beiden wieder mit auf die Plantage. Gegen das Ehrenwort von Mr. Jenkins, keine Aktivitäten mehr zu unternehmen, die er mit mir nicht vorher abspricht. Das Ganze ist doch eine äusserst unglückliche Verkettung von Missverständnissen!«

Molly sah Leroy an wie den Erlöser. Am liebsten hätte sie ihn umarmt und geküsst. Payton sah Benjamin an. In seinem Blick sah Ben ein ähnliches Verlangen.

»Und was machen wir jetzt mit dem Porzellan?«, fragte Washington, der die ganze Zeit in der Ecke gestanden hatte.

Mai 1776

Ben setzte den schwarzen Dreispitz wieder auf. Mit dem hellblauen Gehrock, der beigen Weste und Hose, einem Geschenk Paytons sah er hervorragend aus. Fast so gut wie Leroy selbst, der in seiner blauen Uniform schon wieder hoch zu Ross saß und ihn beobachtete.

»Ich muss sagen, Benjamin, ein Gentleman durch und durch! Dieser Gehrock steht Ihnen ausgezeichnet. Viel besser als Ihre schwarzen Traueranzüge. Sie können wirklich mehr aus sich machen, wie Sie sehen!«

Molly saß in der Kutsche und beobachtete die beiden, während ihr Doktor Pierce alle möglichen Pflanzen hier erklärte, die es auf den britischen Inseln nicht gab. Sie trug eine bestickte Haube und ein schönes, rosafarbenes Kleid. Es war angenehm warm an diesem Frühlingstag, fast schon sommerlich.

»Ah, ja. Sehr interessant, Doktor. . . . Was Sie nicht sagen? Wie wundervoll. Diese Pracht!«, heuchelte sie Aufmerksamkeit.

»Diese Brennnesseln? Nun ja, sie gedeihen hier üppiger als in England. Aber prächtig?«, sagte er stirnrunzelnd. Schließlich bemerkte er, dass Molly nur Augen für die jungen Männer hatte. Doch irgendetwas in ihrem Blick irritierte ihn. Doktor Pierce meinte, einen Anflug von Eifersucht darin zu erkennen.

Auf ihrer Sonntagsfahrt zurück vom Kirchenbesuch in Jamestown hatten sie nach dem Gottesdienst gegen Mittag an dieser Waldlichtung angehalten, weil Ben beim Reiten seinen Hut verloren hatte. Normalerweise hätte er auch nicht diese lächerliche Perücke darunter getragen, wenn Molly nicht darauf bestanden hätte. Dadurch saß der Hut einfach zu locker. Hannah war mit den Kindern in ihrer Kutsche bereits vorausgefahren, um das Mittagessen vorzubereiten.

In der Kirche hatten alle die beiden irischen Gäste der Paytons angestarrt, als wären sie Attraktionen auf dem Jahrmarkt. Molly hatte stets freundlich gelächelt, schließlich waren bestimmt nicht wenige potenzielle Kundinnen für die Bourdalous, die nun endlich nach Payton Plantation geliefert worden waren, unter den anwesenden Damen. Manche kannte sie bereits von Einladungen bei Hannah, andere wiederum wurden sofort von ihren Nachbarinnen in Kenntnis gesetzt, wer diese jungen Leute waren. Benjamin war dies zutiefst unangenehm, alle hier wußten natürlich, wer und warum sie hier waren. Es würde sehr schwer werden, sich hier einen guten Ruf aufzubauen und Teil dieser Gesellschaft zu werden. Die Gerüchte über loyalistische Spione ließen sowieso jedermann hier sofort misstrauisch gegenüber Fremden sein. Schließlich hatten sie am eigenen Leib erfahren, was ein Verdacht bewirken konnte.

Ben machte sich gerade daran, wieder auf den Schimmel zu steigen, den er nun seit einem Monat reiten durfte. Seine jahrelange Abneigung gegenüber Pferden hatte er überwunden und Dank der Übungsstunden mit Leroy war ein einigermaßen passabler Reiter aus ihm geworden. Das Pferd hieß Ares und war ein Wallach. Alle seine Pferde hatte Leroy nach Helden oder Göttern aus der griechischen Mythologie benannt.

In diese sonntägliche Leichtigkeit mischte sich ein Wermutstropfen, denn schon am nächsten Tag wollte Payton mit vier weiteren Gentlemen aufbrechen und sich der Continental Army anschließen. Noch immer bedrohte Dunmores Flottille die Küsten Virginias und nur mit einer schnellen Kavallerie würde man seinen andauernden Plünderungen zuvorkommen können. Die Befehlshaber der Patrioten wollten Dunmore nun endgültig von der Küste vertrieben wissen.

»Vorwärts, Artemis!«, trieb Leroy seine Stute an. Sie war ein prächtiges Tier, kräftig und perfekt geformt. Leroys ganzer Stolz. Ben ritt neben ihm her.

»Eine Frage habe ich noch, Leroy. Warum haben sie Washington die Freiheit geschenkt? Ich meine, warum erst jetzt? Warum nicht schon damals, als er Ihnen das Leben rettete?«

»Ich tat es, weil er es sich verdient hat. Ein Leben für ein Leben.«

Ben fragte nicht weiter nach. Payton wechselte das Thema.

»Morgen bekommen wir neue Sklaven, Benjamin. Ich möchte, dass Sie sich um sie kümmern. Einer von ihnen soll sehr schwierig sein. Er ist schon mehrfach geflohen, neigt zur Gewalt und muss immer in Ketten gehalten werden. Er soll unglaublich stark sein. Wir brauchen kräftige Männer hier auf der Plantage. Sein Vorbesitzer war anscheinend mit ihm überfordert, deshalb war er sehr günstig zu haben. Der Schwarze ist genau so lange hier in Virginia, wie Sie«, sagte Payton wie beiläufig.

»Leroy, Sie wissen doch, dass ich von Sklavenhaltung keinerlei Ahnung habe. Dafür haben Sie doch Mr. Fournier.«

»Ich brauche Ihre Einschätzung als Mensch. Unvoreingenommen. Versuchen Sie, den Mann kennenzulernen. Studieren Sie ihn. Finden Sie heraus, wie man seinen Willen brechen kann. Wenn uns das nicht gelingt, muss ich ihn wieder verkaufen. Durch die Peitsche konnte man ihn bisher jedenfalls nicht überzeugen, sich zu fügen.«

»Widerrede ist wahrscheinlich zwecklos?«, fragte Ben.

»Ganz genau, mein Lieber!«

Benjamin sprach den Rest des Weges kaum noch ein Wort. Er musste an die Männer und Frauen im Sklavendeck der »Bride of Boston« denken. Und er dachte an die französischen Worte, welche die Sklaven gerufen hatten, bevor sie an Bord geholt worden waren. »Wenn wir entkommen, töten wir sie alle!«.

Genau so lange hier wie sie. Konnte es einer dieser Männer sein? Oder gar der eine, den sie im Sklavendeck von den anderen hatten trennen müssen? Ein Häuptling, hatte Cooper damals vermutet. Nun, Benjamin würde es morgen erfahren. Diesen Mann würde er sicherlich sofort wiedererkennen. Es widerstrebte Ben, zum Handlanger der Sklaverei zu werden. Irgendwie musste er sich hier aus der Affaire ziehen. Bens Gedanken wanderten wieder zurück zur Überfahrt. War das wirklich schon ein halbes Jahr her? Die Zeit hier schien im Fluge zu vergehen. Welch seltsame Wendungen ihr Schicksal seit dem erfahren hatte. Aber er war zufrieden mit dem jetzigen Status. Immerhin hatte er eine gute Anstellung, zusätzlich unterrichtete er die Kinder der Paytons in Mathematik und Englisch. Sie hatten eine schöne Wohnung, nur Molly war wegen des bisher ausbleibenden Erfolges mit dem Nachtgeschirrgeschäft doch etwas unzufrieden. Es war ihr zu wenig, Ben nur den Haushalt zu versorgen. Natürlich versuchte sie weiterhin, die Restbestände zu verkaufen, aber an einen größeren Geschäftserfolg oder gar eine Produktion eigenen Porzellans war im Moment nicht zu denken. Zu groß waren die Schwierigkeiten und Ressentiments, die ihnen entgegengebracht wurden. Zudem fehlten hier bislang Rohstoffe und Fachleute, um eine solche Manufaktur eröffnen zu können. Erst, wenn dieser Krieg zu Ende war, würde man an den Aufbau denken können. Cooper würde wohl jetzt Waffen und Munition handeln oder produzieren, das war im Moment das einträglichste Geschäft. Dazu Uniformen, Stiefel, warme Decken, Zelte und Ausrüstung für das Militär. Sein geheimer Auftrag, mit der französischen Regierung einen Pakt auszuhandeln, war nur ein Teil seiner Tätigkeiten in Frankreich gewesen. Sein eigener Vorteil, Geschäftsbeziehungen aufzubauen, war der andere.

Nüchtern betrachtet mussten die Aufständischen nur ihre Ressourcen richtig einsetzen, niemals würde es die britische Generalität schaffen, genügend Männer und Material über den Atlantik zu bringen, um hier zu obsiegen. Sie würden wohl Schlachten gewinnen und so manche Stadt zurückerobern. Aber dauerhaft war es doch ein nicht zu gewinnender Kampf. Dass sie es trotzdem versuchten, war wohl der Überheblichkeit der aristokratischen Führung zu verdanken. Ben zuckte zusammen. Er dachte schon wie Leroy. Wie ein Patriot.

Leroy. Ben überkamen die seltsamsten Gefühle, wenn er ihn dachte. Zugegeben, er mochte ihn. Aber sein seltsames, unsittliches Verhalten in der Nacht des Brandes hatten Ben so aufgewühlt, dass er es kaum noch wagte, dem Mann in die Augen zu sehen. Er wußte nicht, wie er sich verhalten sollte. Das Feuer hatte ihn gerettet. Ben hatte einen gewissen Verdacht, wer es gelegt haben könnte. Die gleiche Person verdächtigte er auch der Spionage. Aber warum sollte er seinen Retter denunzieren?

»Was ist los, Benjamin? Sie hatten gerade einen Gesichtsausdruck, als hätten Sie den Leibhaftigen gesehen.«

Leroy starrte Ben von der Seite an, während er neben ihm ritt.

»Ich dachte gerade darüber nach, was wohl in den nächsten Monaten auf uns zukommt. Wir fühlen uns sehr wohl bei Ihnen und Ihrer Familie, Leroy. Aber trügt uns nicht der Schein? Was, wenn die Briten hier mit einer großen Streitmacht landen? Wäre ich der König, würde ich versuchen, die Kolonien in der Mitte zu durchtrennen.«

»Sie würden also in Virginia landen? Interessant. Na, da sieht man, dass Sie immer noch keine Ahnung vom Kriegshandwerk haben. Die großen Niederlassungen sind es, die der König im Auge hat. Boston ist gefallen. Eine große Flotte braucht einen großen Hafen. So viele davon gibt es hier in den Kolonien noch nicht. Und ausserdem, es ist ja kein Geheimnis mehr, die Franzosen haben uns ihre Hilfe versprochen.«

»Sie meinen, es könnte dadurch auch wieder Krieg in Europa geben? Gerade einmal 13 Jahre ist es her, dass sich die Völker Europas gegenseitig bekämpften.«

»Eine lange Zeit, im Vergleich zu anderen Friedenszeiten. War denn in Europa schon einmal dauerhaft Frieden?«

»Nein, Sie haben Recht, richtig Frieden war nie. Aber das wird man hier auf diesem Kontinent auch nicht schaffen. Es liegt wohl in der Natur des Menschen, sich gegenseitig zu bekämpfen.«

»Benjamin, Benjamin! Immer gleich so philosophisch! In meiner Natur liegt es heute, noch einmal zu feiern, bevor ich mit den anderen Freiwilligen losreite, um unsere Küsten zu sichern. Sie und Molly sind selbstverständlich herzlich eingeladen!«

»Vielen Dank, wir freuen uns sehr. Über die Einladung natürlich, nicht über Ihre Abreise!«

Leroy lachte und klopfte Ben auf die Schulter.

Als sie zurück auf Paytons Plantation kamen, standen zwei Soldaten vor der Türe. Es waren mehrere Armeepferde vor dem Haus angebunden. Im ersten Moment dachte Leroy, sein Bruder Ethan sei überraschend nach Hause gekommen, denn eines der Pferde hatte er sofort erkannt. Er stürmte in freudiger Erwartung die Treppe hinauf. Die beiden Soldaten nahmen angesichts seiner Offiziersuniform Haltung an.

»Ethan! Wo steckst Du, Bruder? Bist Du wohl gleich in die Küche gerannt, so wie früher, nach unseren Jagdausflügen, Du hungriger Kämpfer?«, rief er, als er in das Haus kam.

Aber niemand antwortete. Schließlich stürmte er in den Salon.

»Wo steckt mein Bruderherz?«, rief er hinein, erstarrte aber sogleich. Seine Mutter stand in Tränen vor zwei Offizieren, die er nicht kannte.

»Was ist hier los? Warum steht Ethans Pferd draussen? Wo ist er?«

»Lieutenant Payton, es tut mir sehr leid, Ihr Bruder ist leider gefangen genommen worden«, sagte einer der Fremden ernst.

»Wieso gefangen? Was ist passiert?«, sagte Payton ungläubig.

»Es gab ein Scharmützel mit einer britischen Landeeinheit. Captain Payton führte mit seinen Männern den Gegenangriff. Sie konnten unter großem Einsatz die Briten in die Flucht schlagen, aber nur wenige Männer und sein Pferd kamen von dem Einsatz zurück. Aussagen seiner Männer zufolge wurde er von den Briten niedergeschlagen und mitgenommen. Sie brachten ihn wohl an Bord eines ihrer Schiffe.«

Nur einen Moment war Leroy starr vor Schreck. Sofort suchte er eine Lösung.

»Lebt er? Wurde das überprüft? Konnte man die Briten denn nicht kontaktieren? Sie tauschen doch Gefangene aus!«, sagte Payton nun fordernd.

»Leider, nein. Wir konnten keinen Kontakt aufnehmmen. Die Briten scheinen sich endgültigen zur Abfahrt bereit zu machen. Zudem haben wir keine Geiseln, die wir dem Feind zum Austausch anbieten könnten!«

»Wenn er noch lebt, müssen wir alles daran setzen, ihn frei zu bekommen. Wenn sie ihn nach England mitnehmen, ist er verloren. Sie werden ihn verurteilen und wegen Hochverrat hängen!« rief Leroy verzeweifelt.

Die Soldaten standen mit betretener Mine im Zimmer. Keiner wagte, etwas zu sagen.

Ben und Molly waren mittlerweile ebenfalls in den Raum gekommen. Sie hatten mitbekommen, was passiert war. Molly sah Ben an.

»Wenn es hilft, lassen Sie uns gegen Ihren Bruder austauschen. Sie haben uns das Leben gerettet, wir stehen in Ihrer Schuld, Leroy. In der Ihren und der Ihrer Familie!«, sagte Molly kurzentschlossen.

Benjamin zuckte zusammen. War Molly verrückt geworden? Sie standen tief in Leroys Schuld, ja! Aber zurück nach Britannien? Wozu?

»Molly! Ich weiß gar nicht...«

»Doch, Ben. Du weißt es. Und wenn es der Weg ist, dann gehen wir ihn. Wir beide.«

Leroy reagierte verwirrt. Was sollte er von diesem Angebot halten? Er legte eine Hand auf Bens Schulter.

»Molly, Ben! Das ist sehr ehrenvoll. Aber, bei aller Freundschaft, warum sollten die Briten ausgerechnet Sie beide gegen einen patriotischen Offizier austauschen? Das ist doch lächerlich!«

»Das ist es keineswegs, Leroy! Weil ich die Schwester von Sir William Godfrey, dem Earl of Kerry and Killarney bin. Und weil man in Irland nach mir sucht!«

Epilog

Wie bei vielen Begriffen lässt sich auch die Herkunft des Wortes »Yankee« nicht mehr genau feststellen. Eine These sagt, dass der Begriff ein Spitzname für Amerikaner aus den östlichen, oft von holländischen Einwanderern dominierten amerikanischen Provinzen wie Neu Holland, beziehungsweise Nieuw Nederland, vermutlich aus den häufigen holländischen Namen Jan und Kees zusammengesetzt, sei. Diese Leute nannte man etwas abfällig »Jankees« Es gibt aber auch Hinweise auf die Sprache der Huronen, einem Indianerstamm, der in Kanada und Nordamerika zuhause war und zuerst mit Franzosen Kontakt hatte. Der Begriff »Y'n-gees« vom französischen »l'anglais«, also Engländer, stammt aus dem Wortschatz der Huronen. Im Bürgerkrieg von 1865 betitelten die Südstaatler die Nordstaatler ebenfalls als »Yankees«, was sie teilweise bis heute noch tun.

Die Melodie »Yankee Doodle« war schon vor dem

Unabhängigkeitskrieg in Amerika bekannt, es war ein Spottlied, mit dem britische Offiziere in den Franzosen- und Indianerkriegen in Nordamerika die eigenen, in ihren Augen undisziplinierten, amerikanischen Soldaten besangen. Im Unabhängigkeitskrieg wurde es von den »Yankees« aufgenommen und umgedichtet. Immer noch ein Spottlied, erfuhr es eine patriotische, positive Aufwertung. Im Sezessionskrieg wurde es zum Lied der Nordstaaten. Es ist heute ein Synonym für die USA und die Nationalhymne des Staates Connecticut.

Die Figur des Sklaven Washington in dieser Geschichte wurde inspiriert von der historischen Person des William Lee, einem Sklaven George Washingtons, der ihm treu ergeben war. Auch er erlangte die Freiheit, allerdings erst nach dem Tod seines Herren. Laut dem Historiker Hirschfeld wäre ihm wohl alleine aufgrund seiner persönlichen Nähe zu dem General während dessen wichtigsten Lebensabschnittes ein ehrenvoller Platz in der amerikanischen Geschichte zuteil geworden, wäre er ein weißer Mann gewesen.

Zudem bleibt anzumerken, dass eine Ehe zwischen Sklaven wie zwischen Washington und Rose gar nicht möglich gewesen, beziehungsweise nicht erlaubt worden wäre.

Weitere Bücher des Autors:

WHISKEY JAR

Novelle
Erschienen bei Books on Demand
im Mai 2021
ISBN: 9783753476476

MOLLY MALONE

Novelle
Erschienen bei Books on Demand
im Mai 2021
ISBN: 9783753479699

SPANISH LADIES

Novelle
Erschienen bei Books on Demand

im Mai 2021
ISBN: 9783755740711

KIES VAN BEEK - TOD AN DER GRACHT

Kriminalroman
Erschienen bei Books on Demand
im April 2020
ISBN: 9783751921183

KIES VAN BEEK - GRAB IM MEER

Kriminalroman
Erschienen bei Books on Demand
im Mai 2021
ISBN: 9783753479323

ANDEO, FISCHERJUNGE

Band 1
Roman
Die Lebensgeschichte eines kroatischen Fischers
Erschienen bei Books on Demand
im August 2020
ISBN: 9783751960861